歐游雜記

朱自清 作

序

這本小書是二十一年五月六月的游蹤。這兩個月走了五國，十二個地方。巴黎歹了三禮拜，柏林兩禮拜，別處沒有歹過三天以上；不用說都只是走馬看花吧了。其中佛羅倫司羅馬兩處，因爲趕船，慌慌張張，多半坐在美國運通公司的大汽車裏看的。大汽車轉彎抹角，繞得你昏頭昏腦，辨不出方向；雖然晚上可以回旅館細細查看地圖，但已經隔了一層，不像自己慢慢摸索或跟着朋友們走那麽親切有味了。滂卑故城也是匆忙裏讓一個俗透了的引導人領着胡亂走了一下午。巴黎看得比較細，一來日子多，二來朋友多；但是盧佛宮去了三回，還只看了一踦角。在外國游覽，最運氣有熟朋友樂意陪着你；不然，帶着一張適用的地圖一本適用的指南，不計較時日，也不難找到些古蹟名勝。而這樣費了一番氣力，走過的地方便不會忘記，也不會張冠李戴——若能到一國說一國的話，那自然更好。

自己只能聽英國話，一到大陸上，便不行了。在巴黎的時候，朋友來信開玩笑，說我「目游巴黎」；其實這兒所記的五國都只算是「目游」吧了。加上日子短，平時對於歐洲的情形又不熟習，實在不配說話。而居然還寫出這本小書者，起初是回國時船中無事，聊以消磨時光，後來卻只是「一不做，二不休」而已。所說的不外美術風景古蹟，因爲只有這些才能「目游」也。游覽時離不了指南，記述時還是離不了；書中歷史事跡以及尺寸道里都從指南鈔出。用的並不是大大有名的裴歹克指南，走馬看花是用不着那麼好的書的。我所依靠的不過克羅凱(Crookett)夫婦合著的袖珍歐洲指南，瓦德洛克書鋪(Ward, Lock & Co.)的巴黎指南，德萊司登的官印指南三種。此外在記述時也用了雷那西的美術史(Reinach: Apollo)和何姆司的藝術軌範(C. J. Holmes: A Grammar of the Arts)做參考。但自己對於歐洲美術風景古蹟既然外行，無論怎樣謹愼，陋見謬見，怕是難免的。

本書絕無勝義，卻也不算指南的譯本；用意是在寫些游記給中學生看。在中學教過五年書，這便算是小小的禮物吧。書中各篇以記述景物爲主，極少說到自己的地方。這是有意避免的：一則自己外行，何必放言高論；二則這個時代，「身邊瑣事」說來到底無謂。但這麼着又怕乾枯板滯——只好由它去吧。記述時可也費了一些心在文字上：覺得「是」字句，「有」字句，「在」字句安排最難。顯示景物間的關係，短不了這三樣句法；可是老用這一套，誰耐煩！再說這三種句子都顯示靜態，也夠沈悶的。於是想方法省略那三個討厭的字，例如「樓上正中一間大會議廳」，可以說「樓上正中是——」，「樓上有——」，「——在樓的正中」，但我用第一句，盼望給讀者整個的印象，或者說更具體的印象。再有，不從景物自身而從遊人說，例如「天盡頭處偶爾看見一架半架風車」。若能將靜的變爲動的，那當然更樂意，例如「他的左胳膊底下鑽出一個孩子」（畫中人物）。不過這些也無非雕蟲小技吧了。書中用華里英尺，當時爲的英里合華里容易，英尺合華尺麻煩些；而英里合華里數目大，便更見其遠，英尺合華尺數目小，怕不見其高，也是一個原因。這種不一致，也許沒有多少道理，但也由它去吧。

書中取材，概未注明出處；因爲不是高文典册，無需乎小題大做耳。

出國之初給葉聖陶兄的兩封信，記述哈爾濱與西比利亞的情形的，也附在這裏。

讓我謝謝國立清華大學，不靠她，我不能上歐洲去。謝謝李健吾吳達元汪梧封秦善鋆四位先生；沒有他們指引，巴黎定看不好，而本書最佔篇幅的巴黎游記也定寫不出。謝謝葉聖陶兄，他老是鼓勵我寫下去，現在又辛苦地給校大樣。謝謝開明書店，他們願意給我印這本插了許多圖的小書。

二十三年四月，北平清華園。

目錄

插圖目錄

聖馬克方場

威尼斯全景（方尖樓即聖馬克方場的鐘樓，船即剛朵拉）

公爺府

'聖處女升天圖'(節本)

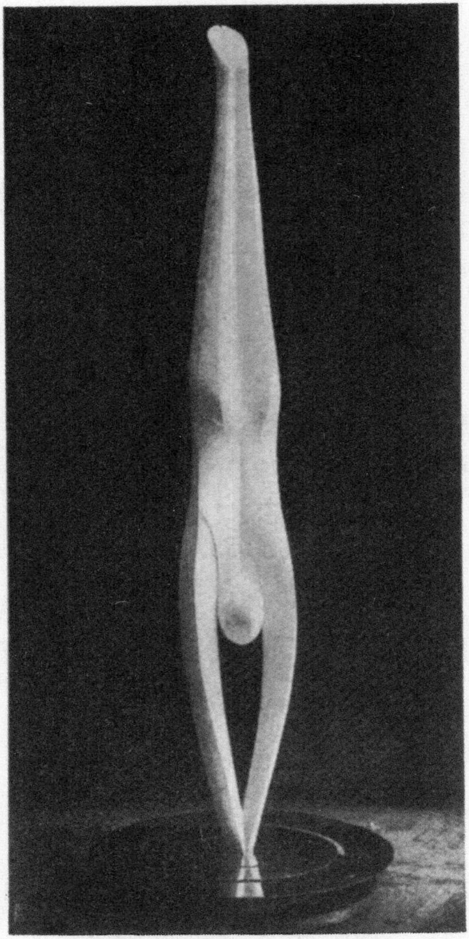

銀色雕像（第十八屆國際藝展意大利出品）

威尼斯

威尼斯（Venice）是一個別致地方。出了火車站，你立刻便會覺得；這裏沒有汽車，要到那兒，不是搭小火輪，便是雇「剛朵拉」（Gondola）。大運河穿過威尼斯像反寫的S；這就是大街。另有小河道四百十八條，這些就是小胡同。輪船像公共汽車，在大街上走；「剛朵拉」是一種搖櫓的小船，威尼斯所特有，它那兒都去。威尼斯並非沒有橋；三百七十八座，有的是。只要不怕轉彎抹角，那兒都走得到，用不着下河去。可是輪船中人還是很多，「剛朵拉」的買賣也似乎並不壞。

威尼斯是「海中的城」，在意大利半島的東北角上，是一羣小島，外面一道沙堤隔開亞得利亞海。在聖馬克方場的鐘樓上看，團花簇錦似的東一塊西一塊在綠波裏蕩漾着。遠處是水天相接，一片茫茫。這裏沒有什麼煤煙，天空乾乾淨淨；在溫和的日光中，一切都像透明的。中國人到此，彷彿在江南的水鄉；夏初從歐洲北部來的，在這兒還可看見清清楚楚的春天的背影。海水那麼綠，那麼釅，會帶你到夢中去。

威尼斯不單是明媚，在聖馬克方場走走就知道。這個方場南面臨着一道運河；場中偏東南便是那可以望遠的鐘樓。威尼斯最熱鬧的地方是這兒，最華妙莊嚴的地方也是這兒。除了西邊，圍着的都是三百年以上的建築，東邊居中是聖馬克堂，卻有了八九百年——鐘樓便在它的右首。再向右是「新衙門」；教堂左首是

「老衙門」。這兩溜兒樓房的下一層，現在滿開了鋪子。鋪子前面是長廊，一天到晚是來來去去的人。緊接着教堂，直伸向運河去的是公爺府；這個一半屬於小方場，另一半便屬於運河了。

聖馬克堂是方場的主人，建築在十一世紀，原是卑贊廷式，以直線爲主。十四世紀加上戈昔式的裝飾，如尖拱門等；十七世紀又參入文藝復興期的裝飾，如闌干等。所以莊嚴華妙，兼而有之；這正是威尼斯人的漂亮勁兒。教堂裏屋頂與牆壁上滿是碎玻璃嵌成的畫，大概是眞金色的地，藍色或紅色的聖靈像。這些像做得非常肅穆。教堂的地是用大理石鋪的，顏色花樣種種不同。在那種空闊陰暗的氛圍中，你覺得偉麗，也覺得森嚴。教堂左右那兩溜兒樓房，式樣各別，並不對稱；鐘樓高三百二十二英尺，也偏在一邊兒。但這兩溜房子都是三層，都有許多拱門，恰與教堂的門面與圓頂相稱；又都是白石造成，越襯出教堂的金碧煇煌來。教堂右邊是向運河去的路，是一個小方場，本來顯得空闊些，鐘樓恰好塡了這個空子。好像我們戲裏大將出場，後面一桿旗子總是偏着取勢；這方場中的建築，節奏其實是和諧不過的。十八世紀意大利卡那來陀(Canaletto)一派畫家專畫威尼斯的建築，取材於這方場的很多。德國德萊司敦畫院中有幾張，眞好。

公爺府裏有好些名人的壁畫和屋頂畫，丁陶來陀(Tintoretto,十六世紀)的大畫「樂園」最著名；但更重要的是它建築的價值。運河上有了這所房子，增加了不少顏色。這全然是戈昔式；動工在九世紀初，以後屢次遭火，屢次重修，現在的據說還是原來的式樣。最好看的是它的西南兩面；西面斜對着聖馬克方場，南面正在運河上。在運河裏看，眞像在畫中。它也是三層：下兩層是尖拱門，一眼看去，無數的柱子。最下層的拱門簡單疏闊，是載重的樣子；上一層便繁密得多，爲裝飾之用；最上層卻更簡單，一根柱子沒有，除了疏疏落落的窗和門之外，都是整塊的牆面。牆面上用白的與玫瑰紅的大理石砌成素樸的方紋，在日光裏鮮明得像少女一般。威尼斯人眞不愧著色的能手。這所房子從運河中看，好像在水裏。下兩層是玲瓏的架子，上一層才是屋子；這是很巧的結構，加上那豔而雅的顏色，令人有惝怳迷離之感。府後有太息橋；從前一邊是監獄，一邊是法院，獄囚提訊須過這裏，所以得名。拜輪詩中曾詠此，因而便膾炙人口起來，其實也只是近世的東西。

威尼斯的夜曲是很著名的。夜曲本是一種抒情的曲子，夜晚在人家窗下隨便唱。可是運河裏也有：晚上在聖馬克方場的河邊上，看見河中有紅綠的紙球燈，便是唱夜曲的船。雇了「剛朵拉」搖過去，靠着那個船停下，船在水中間，兩邊挨次排着「剛朵拉」在微波裏盪着，像是兩隻翅膀。唱曲的有男有女，圍着一張桌子坐，輪到了便站起來唱，旁邊有音樂和着。曲詞自然是意大利語，意大利的語音據說最純粹，最清朗。聽起來似乎的確斬截些，女人的尤其如此——意大利的歌女是出名的。音樂節奏繁密，聲情熱烈，想來是最流行的「爵士樂」。在微微搖擺的紅綠燈球底下，顫着釅釅的歌喉，運河上一片朦朧的夜也似乎透出玫瑰紅的樣子。唱完幾曲之後，船上有人跨過來，反拿着帽子收錢，多少隨意。不願意聽了，還可搖到第二處去。這個略略像當年的秦淮河的光景，但秦淮河卻熱鬧得多。

從聖馬克方場向西北去，有兩個教堂在藝術上是很重要的。

一個是聖羅珂堂，旁邊有一所屋子，牆上屋頂上滿是畫；樓上下大小三間屋，共六十二幅畫，是丁陶來陀的手筆，屋裏暗極，只有早晨看得清楚。丁陶來陀作畫時，因地制宜，大部分只粗粗鉤勒，利用陰影，教人看了覺得是幾經琢磨似的。「十字架」一幅在樓上小屋內，力量最雄厚。佛拉利堂在聖羅珂近旁，有大畫家鐵沁（Titian，十六世紀）和近代雕刻家卡奴洼(Canova)的紀念碑。卡奴洼的，靈巧，是自己打的樣子；鐵沁的，宏壯，是十九世紀中葉才完成的。他的「聖處女升天圖」掛在神壇後面，那朱紅與亮藍兩種顏色鮮明極了，全幅氣韻流動，如風行水上。倍里尼(Giovauni Bellini，十五世紀)的「聖母像」，也是他的精品。他們都還有別的畫在這個教堂裏。

從聖馬克方場沿河直向東去，有一處公園；從一八九五年起，每兩年在此地開國際藝術展覽會一次。今年是第十八屆；加入展覽的有意荷比西丹法英奧蘇俄美匈瑞士波蘭等十三國，意大利的東西自然最多，種類繁極了；未來派立體派的圖畫雕刻，都可見到，還有別的許多新奇的作品，說不出路數。顏色大概鮮明，教人眼睛發亮；建築也是新式，簡截不囉嗦，痛快之至。蘇俄的作品不多，大概是工農生活的表現，兼有沈毅和高興的調子。他們也用鮮明的顏色，但顯然沒有很費心思在藝術上，作風老老實實，並不向牛犄角裏尋找新奇的玩意兒。

威尼斯的玻璃器皿，刻花皮件，都是名產，以典麗風華勝，緙絲也不錯。大理石小雕像，是著名大品的縮本，出於名手的還有味。

佛羅倫司

佛羅倫司(Florence)最教你忘不掉的是那色調鮮明的大教堂與在它一旁的那高聳入雲的鐘樓。教堂靠近鬧市，在狹窄的舊街道與繁密的市房中，展開它那偉大的個兒，好像一座山似的。它的門牆全用大理石砌成，黑的紅的白的綫條相間着。長方形是基本圖案，所以直綫雖多，而不覺嚴肅，也不覺浪漫；白天裏繞着教堂走，仰着頭看，正像看達文齊的摩那麗沙(Mona Lisa)像，她在你上頭，可也在你裏頭。這不獨是綫形溫和平靜的緣故，那三色的大理石，帶着它們的光澤，互相顯映，也給你鮮明穩定的感覺；

加上那樸素而黯淡的周圍，襯托着這富麗堂皇的建築，像給它打了很牢固的基礎一般。夜晚就不同些；在模糊的街燈光裏，這龐然的影子便有些壓迫着你了。教堂動工在十三世紀，但門牆只是十九世紀的東西；完成在一八八四年，算到現在才四十九年。教堂裏非常簡單，與門牆決不相同，只穹隆頂宏大而已。

鐘樓在教堂的右首，高二百九十二英尺，是喬陀（Gioto，十四世紀）的傑作。喬陀是意大利藝術的開山祖師；從這座鐘樓可以看出他的大匠手。這也用顏色大理石砌成牆面；寬度與高度正合式，玲瓏而不顯單薄。牆面共分七層：下四層很短，是打根基的樣子，最上層最長，以助上聳之勢。窗戶越高越少越大，最上層只有一個；在長方形中有金字塔形的妙用。教堂對面是受洗所，以吉拜地（Ghiberti）做的銅門著名。有兩扇最工，上刻聖經故事圖十方，分遠近如畫法，但未免太工些；門上並有作者的肖像。密凱安傑羅（十六世紀）說過這兩扇門眞配做天上樂園的門，傳爲佳話。

教堂內容富麗的，要推送子堂，以「送子圖」得名。門外廊子裏有沙陀（Sarto，十六世紀）的壁畫，他自己和他太太都在畫中；畫家以自己或太太作模特兒是常見的。教堂裏屋頂以金漆花紋界成長方格子，燦爛之極。門內左邊有一神龕，明燈照耀，香花供養，牆上便是「送子圖」。畫的是天使送耶穌給處女瑪利亞，相傳是天使的手筆。平常遮着不讓我們俗眼看；每年只復活節的禮拜五揭開一次。這是塔斯干省最尊的神龕了。

梅迭契（Medici）家廟也以富麗勝，但與別處全然不同。梅迭契家是中古時大公爵，治佛羅倫斯多年。那時佛羅倫斯非常富庶，他們家窮極奢華；佛羅倫斯藝術的興盛，一半便由於他們的愛好。這個家廟是歷代大公爵家族的葬所。房屋是八角形，有穹隆頂；分兩層，下層是墳墓，上層是雕像與紀念碑等。上層牆壁，全用各色上好大理石作面子，中間更用寶石嵌成花紋，地也用大理石嵌花鋪成；屋頂是名人的畫。光彩煥發，五色紛綸；嵌工最精細，平滑如天然。佛羅倫斯嵌石是與威尼斯嵌玻璃齊名的，梅迭契家造這個廟，用過二千萬元，但至今並未完成；雕像座還空着一大半，地也沒有全鋪好。旁有新廟，是密凱安傑羅所建，樸質無華；中有雕像四座，叫做「晝」「夜」「晨」「昏」，是紀念碑的裝飾，也出於密凱安傑羅的手，頗有名。

十字堂是「佛羅倫司的西寺」，「塔斯干的國葬院」；前面是但丁的造像。密凱安傑羅與科學家格里雷的墓都在這裏，但丁也有一座紀念碑；此外名人的墓還很多。佛羅倫斯與但丁有關係的遺跡，除這所教堂外，在但子堂附近是他的住宅：是一所老老實實的小磚房，帶一座方樓，據說那時闊人家都有這種方樓的。他與他的情人佩特拉齊相遇，傳說是在一座橋旁；這個情景常見於圖畫中。這座有趣的橋，照畫看便是阿奴河上的三一橋；橋兩頭各有雕像兩座，風光確是不壞。佩特拉齊的住宅離但丁的也不遠；她葬在一個小教堂裏，就在住宅對面小胡同內。這個教堂雙扉緊閉，破舊得可以，據說是終年不常開的。但丁與佩特拉齊的屋子，現在都已作別用，不能進去，只牆上釘些紀念的木牌而已。佩特拉齊住宅牆上有一塊木牌，專鈔但丁的詩兩行，說他遇見了一個美人，卻有些意思。還有一所教堂，據說原是但丁寫神曲的地方；但書上沒有，也許是「齊東野人」之語罷。密凱安傑羅住過的屋子在十字堂近旁，是他姪兒的住宅。現在是一所小博物院，其中兩間屋子陳列着密凱安傑羅塑的小品，有些是名作的雛形，都奕奕有神彩。在這一層上，他似乎比但丁還有幸些。

佛羅倫司著名的方場叫做官方場，據說也是歷史的和商業的中心，比威尼斯的聖馬克方場黯淡冷落得多。東邊未周府，原是共和時代的議會，現在是市政府。要看中古時佛羅倫斯的堡子，這便是個樣子，建築彷彿銅牆鐵壁似的。門前有密凱安傑羅大衞(David)像的翻本。（原件存本地國家美術院中）宮西是著名的噴泉，雕像頗多；中間亞波羅駕四馬，據說是一塊大理石鑿成。但死板板的沒有活氣，與旁邊有血有肉的大衞像一比，便看出來了。密凱安傑羅說這座像白費大理石，也許不錯。府東是朗齊亭，原是人民會集的地方，裏面有許多好的古雕像；其中一座像有兩個面孔，後一個是作者自己。

方場東邊便是烏費齊畫院（Uffizi Gallery）。這畫院是梅迭契家立的，收藏十四世紀到十六世紀的意大利畫最多；意大利畫的精華薈萃於此，比那兒都好。喬陀，波鐵乞利（Botticelli，十五世紀），達文齊（十五世紀），拉飛爾（十六世紀），密凱安傑羅，鐵沁的作品，這兒都有；波鐵乞利和鐵沁的最多。喬陀，波鐵乞利，達文齊都是佛羅倫司派，重形線與構圖；拉飛爾曾到佛羅倫斯，也受了些影響。鐵沁是威尼斯派，重著色。這兩個潮流是西洋畫的大別。波鐵乞利的作品如「勃里馬未拉的寓言」，「愛神的出生」等似乎最能代表前一派；達文齊的「送子圖」，構圖也極巧妙。鐵沁的「佛羅拉像」和「愛神」，可以看出豐富的顏色與柔和的節奏。另有「藍色聖母像」，沙瑣費拉陀（Sossoferrato，十七世紀）所作，後來臨摹的很多；小說月報曾印作插畫。古雕像以「梅迭契愛神」，「摔跤」爲最：前者情韻欲流，後者精力飽滿，都是神品。隔阿奴河有辟第(Pitti)畫院，有長廊與烏費齊相通；這條長廊架在一座橋的頂上，裏面掛着許多畫像。辟第畫院是辟第(Luca Pitti)立的。他和梅迭契是死寃家。可是後來擴充這個畫院的還是梅迭契家。收藏的名畫有拉飛爾的兩幅「聖母像」，「福那利那像」與鐵沁的「馬達來那像」等。福那利那是拉飛爾的未婚妻，是他許多名作的模特兒。鐵沁此幅和「佛羅拉像」作風相近，但金髮飄拂，節奏更要生動些。

兩個畫院中常看見女人坐在小桌旁用描花筆蘸着粉臨摹小畫像，這種小畫像是將名畫臨摹在一塊長方的或橢圓的小紙上，裝在小玻璃框裏，作案頭清供之用。因爲地方太小，只能臨摹半身像。這也是西方一種特別的藝術，頗有些歷史。看畫院的人走過那些小桌子旁，她們往往請你看她們的作品；遞給你擴大鏡讓你看出那是一筆不苟的。每件大約二十元上下。她們特別拉住些太太們，也許太太們更能賞識她們的耐心些。

十字堂鄰近，許多做嵌石的鋪子。黑地嵌石的圖案或帶圖案味的花卉人物等都好；好在顏色與光澤彼此襯托，恰到佳處。有幾塊小丑像，趣極了。但臨摹風景或圖畫的卻沒有什麼好。無論怎麼逼眞，總還隔着一層；嵌石決不能如作畫那麼靈便的。再說就使做得和畫一般，也只是因難見巧，沒有一點新東西在內。威尼斯嵌玻璃卻不一樣。他們用玻璃小方塊嵌成風景圖；這些玻璃塊相似而不盡相同，它們所構成的不是一個簡單的平面，而是許多顏色的點兒。你看時會覺得每一點都觸着你，它們間的光影也極容易跟着你的角度變化；至少這「觸着你」一層，畫是辦不到的。不過佛羅倫斯所用大理石，色澤勝於玻璃多多；威尼斯人雖會著色，究竟還趕不上。

“愛神出生圖”（節本）

‘福那利那像’

大教堂

鬪獅場

聖彼得堂

摩西像

羅馬

羅馬(Rome)是歷史上大帝國的都城，想像起來，總是氣象萬千似的。現在它的光榮雖然早過去了，但是從七零八落的廢墟裏，後人還可彷彿於百一。這些廢墟，舊有的加上新發掘的，幾乎隨處可見，像特意點綴這座古城的一般。這邊幾根石柱子，那邊幾段破牆，帶着當年的塵土，寂寞地陷在大坑裏；雖然是夏天中午的太陽，照上去也黯黯淡淡，沒有多少勁兒。就中羅馬市場(Forum Romanum)規模最大。這裏是古羅馬城的中心，有法庭，神廟，與住宅的殘跡。卡司多和波魯斯廟的三根哥林斯式的柱子，頂上還有片石相連着；在全場中最爲秀拔，像三個丰姿飄灑的少年用手橫遮着額角，正在眺望這一片古市場。想當年這裏終日擠擠鬧鬧的也不知有多少人，各有各的心思，各有各的手法；現在只剩三兩起游客指手畫脚的在死一般的寂靜裏。犄角上有一所住宅，情形還好；一面是三間住屋，有壁畫，已模糊了，地是嵌石鋪成的；旁廂是飯廳，壁畫極講究，畫的都是正大的題目，他們是很看重飯廳的。市場上面便是巴拉丁山，是飽歷興衰的地方。最早是一個村落，只有些茅草屋子；羅馬共和末期，一姓貴族聚居在這裏；帝國時代，更是繁華。游人走上山去，兩旁宏壯的住屋還留下完整的黃土坯子，可以見出當時闊人家的氣局。屋頂一片平場，原是許多花園，總名法內賽園子，也是四百年前的舊跡；現在點綴些花木，一角上還有一座小噴泉。在這園子裏看脚底下的古市場，全景都在望中了。

市場東邊是鬭獅場，還可以看見大概的規模；在許多宏壯的廢墟裏，這個算是情形最好的。外牆是一個大圓圈兒，分四層，要仰起頭才能看到頂上。下三層都是一色的圓拱門和柱子，上一層只有小長方窗戶和楞子；這種單純的對照教人覺得這座建築是整整的一塊，好像直上雲霄的松柏，老幹亭亭，沒有一些繁枝細節。裏面中間原是大平場；中古時在這兒築起堡壘，現在滿是一道道頹毀的牆基，倒成了四不像。這場子便是鬭獅場；環繞着的是觀衆的坐位。下兩層是包廂，皇帝與外賓的在最下層，上層是貴族的；第三層公務員坐，最上層平民坐：共可容四五萬人。獅子洞還在下一層，有口直通場中。鬭獅是一種刑罰，也可以說是一種裁判：罪囚放在獅子面前，讓獅子去搏他；他若居然制死了獅子，便是直道在他一邊，他就可自由了。但自然是讓獅子喫掉的多；這些人大約就算活該。想到臨場的罪囚和他親族的悲苦與恐怖，他的仇人的痛快，皇帝的威風，與一般觀衆好奇的緊張的面目，眞好比一場惡夢。這個場子建築在一世紀，原是戲園子，後來才改作鬭獅之用。

鬭獅場南面不遠是卡拉卡拉浴場。古羅馬人頗講究洗澡，浴場都造得好，這一所更其華麗。全場用大理石砌成，用嵌石鋪地；有壁畫，有雕像，用具也不尋常。房子高大，分兩層，都用圓拱門，走進去覺得穩穩的；裏面金碧輝煌，與壁畫雕像相得益彰。居中是大健身房，有噴泉兩座。場子佔地六英畝，可容一千六百人洗浴。洗浴分冷熱水蒸汽三種，各佔一所屋子。古羅馬人上浴場來，不單是爲洗澡；他們可以在這兒商量買賣，和解訟事等等，正和我們上茶店上飯店一般作用。這兒還有好些游藝，他們公餘或倦後來洗一個澡，找幾個朋友到游藝室去消遣一回，要不然，到客廳去談談話，都是很「寫意」的。現在卻只賸下一大堆遺跡。大理石本來還有不少，早給搬去造聖彼得等教堂去了；零星的物件陳列在博物院裏。我們所看見的只是些巍巍峨峨參參差差的黃土骨子，站在太陽裏，還有學者們精心研究出來的卡拉卡拉浴場圖的照片，都只是所謂過屠門大嚼而已。

羅馬從中古以來便以教堂著名。康南海羅馬游紀中引杜牧的詩「南朝四百八十寺，多少樓臺煙雨中，」光景大約有些相像的；只可惜初夏去的人無從領略那煙雨罷了。聖彼得堂最精妙，在城北尼羅圓場的舊址上。尼羅在此地殺了許多基督教徒。據說聖彼得上十字架後也便葬在這裏。這教堂幾經興廢，現在的房屋是十六世紀初年動工，經了許多建築師的手。密凱安傑羅七十二歲時，受保羅第三的命，在這兒工作了十七年。後人以為天使保羅第三假手於這一個大藝術家，給這座大建築定下了規模；以後雖有增改，但大體總是依着他的。教堂內部參照卡拉卡拉浴場的式樣，許多高大的圓拱門穩穩地支着那座穹隆頂。教堂長六百九十六英尺，寬四百五十英尺，穹隆頂高四百〇三英尺，可是乍看不覺得是這麼大。因為平常看屋子大小，總以屋內飾物等為標準，飾物等的尺寸無形中是有譜子的。聖彼得堂裏的卻大得離了譜子，「天使像巨人，鴿子像老鷹；」所以教堂真正的大小，一下倒不容易看出了。但是你若看裏面走動着的人，便漸漸覺得不同。教堂用彩色大理石砌牆，加上好些嵌石的大幅的名畫，大都是亮藍與朱紅二色；鮮明豐麗，不像普通教堂一味陰沈沈的。密凱安傑羅雕的彼得像，溫和光潔，別是一格，在教堂的跻角上。

聖彼得堂兩邊的列柱迴廊像兩隻胳膊擁抱着聖彼得圓場；留下一個口子，卻又像個玦。場中央是一座埃及的紀功方尖柱，左右各有大噴泉。那兩道迴廊是十七世紀時亞歷山大第三所造，成於倍里尼(Bernini)之手。廊子裏有四排多力克式石柱，共二百八十四根；頂上前後都有闌干，前面闌干上並有許多小雕像。場左右地上有兩塊圓石頭，站在上面看同一邊的廊子，覺得只有一排柱子，氣魄更雄偉了。這個圓場外有一道彎彎的白石線，便是梵諦岡與意大利的分界。教皇每年復活節站在聖彼得堂的露臺上爲人民祝福，這個場子內外據說是擁擠不堪的。

聖保羅堂在南城外，相傳是聖保羅葬地的遺址，也是柱子好。門前一個方院子，四面廊子裏都是些整塊石頭鑿出來的大柱子，比聖彼得的兩道廊子卻質樸得多。教堂裏面也簡單空廓，沒有什麼東西。但中間那八十根花岡石的柱子，和盡頭處那六根蠟石的柱子，縱橫地排着，看上去彷彿到了人跡罕至的遠古的森林裏。柱子上頭牆上，周圍安着嵌石的歷代教皇像，一律圓框子。教堂旁邊另有一個小柱廊，是十二世紀造的。這座廊子圍着一所方院子，在低低的牆基上排着兩層各色各樣的細柱子——有些還嵌着金色玻璃塊兒。這座廊子精工可以說像湘繡，秀美卻又像王羲之的書法。

在城中心的威尼斯方場上巍然蹯踞着的，是也馬奴兒第二的紀功廊。這是近代意大利的建築，不缺少力量。一道彎彎的長廊，在高大的石基上。前面三層石級：第一層在中間，第二三層分開左右兩道，通到廊子兩頭。這座廊子左右上下都勻稱，中間又有那一彎，便兼有動靜之美了。從廊前列柱間看到暮色中的羅馬全城，覺得幽遠無窮。

羅馬藝術的寶藏自然在梵諦岡宮；卡辟多林博物院中也有一些，但比起梵諦岡來就太少了。梵諦岡有好幾個雕刻院，收藏約有四千件，著名的「拉奧孔」（Laocoön）便在這裏。畫院藏畫五十幅，都是精品，拉飛爾的「基督現身圖」是其中之一，現在卻因修理關着。梵諦岡的壁畫極精彩，多是拉飛爾和他門徒的手筆，為別處所不及。有四間拉飛爾室和一些廊子，裏面滿是他們的東西。拉飛爾由此得名。他是烏爾比奴人，父親是詩人兼畫家。他到羅馬後，極為人所愛重，大家都要教他畫；他忙不過來，只好收些門徒作助手。他的特長在畫人體。這是實在的人，肢體圓滿而結實，有肉有骨頭。這自然受了些佛羅倫斯派的影響，但大半還是他的天才。他對於氣韻，遠近，大小與顏色也都有敏銳的感覺，所以成爲大家。他在羅馬住的屋子還在，墳在國葬院裏。歐司丁堂與拉飛爾室齊名，也在宮內。這個神堂是十五世紀時歐司土司第四造的，長一百三十三英尺，寬四十五英尺。兩旁牆的上部，都由佛羅倫司派畫家裝飾，有波鐵乞利在內。屋頂的畫滿都是密凱安傑羅的，歐司丁堂著名在此。密凱安傑羅是佛羅倫斯派的極峯。他不多作畫，一生精華都在這裏。他畫這屋頂時候，以深沈肅穆的心情滲入畫中。他的構圖裏氣韻流動着，形體的鉤勒也自然靈妙，還有那雄偉出塵的風度，都是他獨具的好處。堂中祭壇的牆上也是他的大畫，叫做「最後的審判」。這幅壁畫是以後多年畫的，費了他七年工夫。

羅馬城外有好幾處隧道，是一世紀到五世紀時候基督教徒挖下來做墓穴的，但也用作敬神的地方。尼羅搜殺基督教徒，他們往往避難於此。最值得看的是聖卡里斯多隧道；那兒還有一種熱誠花，十二瓣，據說是代表十二使徒的。我們看的是聖賽巴司提亞堂底下的那一處；大家點了小蠟燭下去。曲曲折折的狹路，兩旁是大大小小深深淺淺的墓穴；現在自然是空的，可是有時還看見些零星的白骨。有一處據說聖彼得住過，成了龕堂，壁上畫得很好。別處也還有些壁畫的殘跡。這個隧道似乎有四層，佔的地方也不小。聖賽巴司提亞堂裏保存着一塊石頭，上有大脚印兩個；他們說是耶穌基督的，現在供養在神龕裏。另一個教堂也供着這麼一塊石頭，據說是仿本。

縲絏堂建於第五世紀，專爲供養拴過聖彼得的一條鐵鍊子。現在這條鍊子還好好的在一個精美的龕子裏。堂中周理烏司第二紀念碑上有密凱安傑羅雕的幾座像；摩西像尤爲著名。那種原始的堅定的精神和勇猛的力量從眉目上，鬍鬚上，胳膊上，手上，腿上，處處透露出來，教你覺得見着了一個偉大的人。又有個阿拉古里堂，中有聖嬰像。這個聖嬰自然便是耶穌基督；是十五世紀耶路撒冷一個教徒用橄欖木雕的。他帶它到羅馬，供養在這個堂裏。四方來許願的很多，據說非常靈驗；它身上密層層地掛着許多金銀飾器都是人家還願的。還有好些信寫給它，表示敬慕的意思。

羅馬城西南角上，挨着古城牆，是英國墳場或叫做新教墳場。這裏邊葬的大都是藝術家與詩人，所以來參謁來憑弔的意大利人和別國的人終日不絕。就中最有名的自然是十九世紀英國浪漫詩人雪萊與濟茲的墓。雪萊的心葬在英國，他的遺灰在這兒。墓在古城牆下斜坡上，蓋有一塊長方的白石；第一行刻着「心中心」，下面兩行是生卒年月，再下三行是莎士比亞風暴中的仙歌。

彼無毫毛損，
海濤變化之，
從此更神奇。

好在恰恰關合雪萊的死和他的爲人。濟茲墓相去不遠，有墓碑，上面刻着道：

這座墳裏是
英國一位少年詩人的遺體；

他臨死時候，
想着他仇人們的惡勢力，
痛心極了，叫將下面這一句話
刻在他的墓碑上：
「這兒躺着一個人，
他的名字是用水寫的。」

末一行是速朽的意思；但他的名字正所謂「不廢江河萬古流」，又豈是當時人所料得到的。後來有人別作新解，根據這一行話做了一首詩，連濟慈的小像一塊兒刻銅嵌在他墓旁牆上。這首詩的原文是很有風趣的。

濟慈名字好，
說是水寫成；

一點一滴水，
後人的淚痕——
英雄枯萬骨，
難如此感人。
安睡罷，
陳詞雖掛漏，
高風自崢嶸。

這座墳場是羅馬富有詩意的一角；有些愛羅馬的人雖不死在意大利也會遺囑葬在這座「永遠的城」的永遠的一角裏。

滂卑故城

滂卑(Pompei)故城在奈波里之南，意大利半島的西南角上。維蘇威火山在它的正東，像一座圍屏。紀元七十九年，維蘇威初次噴火。噴出的熔岩倒沒有什麼；可是那崩裂的灰土，山一般壓下來，到底將一座繁華的滂卑城活活地埋在底下，不透一絲風兒。那時是半夜裏。好在大多數人瞧着兆頭不妙，早捲了細軟走了；賸下的並不多，想來是些窮小子和傻瓜罷。城是埋下去了，年歲一久，誰也忘記了。只存下當時一個叫小勃里尼的人的兩封信，裏面敍述滂卑陷落的情形；但沒有人能指出這座故城的遺址

滂卑故城與維蘇威火山

魏　提　宅

魏提宅壁畫摹本（愛神持樂圖）

來。直到一七四八年大劇場與別的幾座房子出土，才有了頭緒；系統的發掘卻遲到一八六〇年。到現在這座城大半都出來了；工作還繼續着。

滂卑的文化很高，從道路，建築，壁畫，雕刻，器皿等都可看出。後三樣大部分陳列在奈波里國家博物院中；去滂卑的人最好先到那裏看看。但是這種文化大體從希臘輸入，羅馬人自己的極少。當時羅馬的將領打過了好些個勝仗，閒着沒事，便風雅起來，搜羅希臘的美術品，裝飾自己的屋子。這些東西有的是打仗時掄來的，有的是買的。古語說得好：「上有好者，下必有甚焉者；」這種美術的嗜好漸漸成了風氣。那時羅馬人有的是錢；希臘人卻窮了，樂得有這班好主顧。「物聚於所好」，滂卑還只是第三等的城市，大戶人家陳設的美術品已經像一所不寒塵的博物院，別的大城可想而知。

滂卑沿海，當時與希臘交通，也是個商業的城市，人民是很富裕的。他們的生活非常奢靡，正合「飽暖思淫慾」一句話。滂卑的淫風似乎甚盛。他們崇拜男根，相信可以給人好運氣，倒不像後世人作不淨想。街上走，常見牆上橫安着黑的男根；器具也常以此爲飾。有一所大住宅，是兩個姓魏提的單身男子住的，保存得最好；裏面一間小屋子，牆上滿是春畫，據說他們常從外面叫了女人到這裏。院子裏本有一座噴泉，泉水以小石像的男根爲出口；這座像現在也藏在那間小屋中。廊下還有一幅壁畫，畫着一架天秤；左盤裏是錢袋，一個人以他的男根放在右盤中，左盤便高起來了。可見滂卑人所重在彼而不在此。另有妓院一所，入門中間是穿堂，兩邊有小屋五間，每間有一張土牀，牀以外隙地便不多。穿堂牆上是春畫；小屋內牆上間或刻着人名，據說這是遊客的題名保薦，讓他的朋友們看了，也還他的相好。

從來酒色連文，滂卑人在酒上也是極放縱的。只看到處是酒店，人家裏多有藏酒的地窖子便知道了。滂卑的酒店有些像杭州紹與一帶的，酒壚與櫃臺都在門口，裏面沒有多少地方；來者大約都是喝「櫃臺酒」的。現在還可以見許多殘破的酒壚和大大小小的酒甕；人家地窖裏堆着的酒甕也不少。這些酒甕是黃土做的，長頸細腹尖底，樣子靈巧，可是放不穩，不知當時如何安置。

上面說起魏提的住宅，是很講究的。宅子高大，屋子也多；一所空闊的院子，周圍是深深的走廊。廊下懸着石雕的面具；院中也放着許多雕像，中間是噴泉和魚池。屋後還有花園。滂卑中上人家大概都有噴泉，魚池與花園，大小稱家之有無；噴泉與魚池往往是分開的。水從山上用鉛管引下來，辦理得似乎不壞。魏提家的壁畫頗多，牆壁用紅色，粉刷得光潤無比，和大理石差不多。畫也精工美妙。飯廳裏畫着些各行手藝，彷彿宋人懋遷圖的味兒。但做手藝的都是帶翅子的小愛神，便不全是寫實了。在紅牆上畫出一條黑帶兒，在這條道兒上面再用鮮明的藍黃等顏色作畫，映照起來最好看；藍色中滲一點粉，用來畫衣裳與愛神的翅膀等，眞是飄飄欲舉。這種畫分明仿希臘的壁雕，所以結構亭勻不亂。膳廳中畫最多；黑帶子是在牆下端，上面是一幅幅的並列着，卻沒有甚大的。膳廳中如何布置，已不可知。曾見別兩家的是這樣：中間一座長方的小石灰臺子，紅色，這便是桌子。圍着是馬蹄形的坐位，也是石灰砌的，顏色相同。近臺子那一圈低些闊些，是坐的，後面狹狹的矮矮的四五層斜着上去，像是靠背用的，最上層便又闊了。但那兩家規模小，魏提家當然要闊些。至於地用嵌石鋪，是在意中的。這些屋子裏的銀器銅器玻璃器等與壁畫雕像大部分保存在奈波里；還有塗上石灰的尸首及已化炭的麪包和穀類，都是城陷時的東西。

滂卑人是會享福的，他們的浴場造得很好。冷熱浴蒸氣浴都有；場中存衣櫃，每個浴客一個，他們可以舒舒服服地放心洗澡去。場寬闊高大，牆上和圓頂上滿是畫。屋頂正中開一個大圓窗子，光從這裏下來，雨也從這裏下來；但他們不在乎雨，場裏面反正是溼的。有一處浴場對門便是飯館，洗完澡，就上這兒喫點兒喝點兒，眞「美」啊。滂卑城並不算大，卻有三個戲園子。大劇場爲最，能容兩萬人，大約不常用，現在還算完好。常用的兩個比較小些，已頹毀不堪；一個據說有頂，是夜晚用的，一個無頂，是白天用的。城中有好幾個市場，是公衆買賣與娛樂的地方；法庭廟宇都在其中；現在卻只見幾片長方的荒場和一些破壇斷柱而已。

街市中除酒店外，別種店鋪的遺跡也還不少。曾走過一家藥店，架子上還零亂地放着些玻璃瓶兒；又走過一家餅店，五個烘餅的小磚爐也還好好的。街旁常見水槽；槽裏的水是給馬喝的，上面另有一個管子，行人可以就着喝。喝時須以一隻手按着槽邊，翻過身仰起臉來。這個姿勢也許好看，舒服是並不的。日子多了，槽邊經人按手的地方凹了下去，磨得光滑滑的。街路用大石鋪成，也還平整寬舒；中間常有三大塊或兩大塊橢圓的平石分開放着，是爲上下馬車用的。車有兩輪，恰好從石頭空處過去。街道是直的，與後世取曲勢的不同。雖然一望到頭，可是襯着兩旁一排排的距離相似高低相彷的頹垣斷戶，倒彷彿無窮無盡似的。從整齊劃一中見偉大，正是古羅馬人的長處。

瑞士

瑞士有「歐洲的公園」之稱。起初以為有些好風景而已；到了那裏，才知無處不是好風景，而且除了好風景似乎就沒有什麼別的。這大半由於天然，小半也是人工。瑞士人似乎是靠游客活的，只看很小的地方也有若干若干的旅館就知道。他們拚命地築鐵道通輪船，讓愛逛山的愛游湖的都有落兒；而且車船兩便，票在手裏，愛怎麼走怎麼走。瑞士是山國，鐵道依山而築，隧道極少；所以老是高高低低，有時像差得很遠的。還有一種爬山鐵道，這兒特別多。狹狹的雙軌之間，另加一條特別軌：有時是一個個方格兒，有時是一個個鉤子；車底下帶一種齒輪似的東西，一步步咬着這些方格兒，這些鉤子，慢慢地爬上爬下。這種鐵道不用說工程大極了；有些簡直是筆陡筆陡的。

逛山的味道實在比游湖好。瑞士的湖水一例是淡藍的，眞正平得像鏡子一樣。太陽照着的時候，那水在微風裏搖晃着，宛然是西方小姑娘的眼。若遇着陰天或者下小雨，湖上迷迷濛濛的，水天混在一塊兒，人如在睡裏夢裏。也有風大的時候；那時水上便皺起粼粼的細紋，有點像顰眉的西子。可是這些變幻的光景在岸上或山上才能整個兒看見，在湖裏倒不能領略許多。況且輪船走得究竟慢些，常覺得看來看去還是湖，不免也膩味。逛山就不同，一會兒看見湖，一會兒不看見；本來湖在左邊，不知怎麼一轉彎，忽然挪到右邊了。湖上固然可以看山，山上還可看山，阿爾卑斯有的是重巒疊嶂，怎麼看也不會窮。山上不但可以看山，還可以看谷；稀稀疏疏錯錯落落的房舍，彷彿有雞鳴犬吠的聲音，在山肚裏，在山脚下。看風景能夠流連低徊固然高雅，但目不暇接地過去，新境界層出不窮，也未嘗不淋漓痛快；坐火車逛山便是這個辦法。

盧參(Luzerne)在瑞士中部，盧參湖的西北角上。出了車站，一眼就看見那汪汪的湖水和屏風般的青山，眞有一股爽氣撲到人的臉上。與湖連着的是勞思河，穿過盧參的中間。河上低低的一座古水塔，從前當作燈塔用；這兒稱燈塔爲「盧采那」，有人猜「盧參」這名字就是由此而出。這座塔低得有意思；依傍着一架曲了又曲的舊木橋，倒配了對兒。這架橋帶頂，像廊子；分兩截，近塔的一截低而窄，那一截卻突然高闊起來，彷彿彼此不相干，可是看來還只有一架橋。不遠兒另是一架大橋，叫龕橋，因上有神龕得名，曲曲的，也古。許多對柱子支着橋頂，頂底下每一根橫樑上兩面各釘着一大幅三角形的木板畫，總名「死神的跳舞」。每一幅配搭的人物和死神跳舞的姿態都不相同，意在表現社會上各種人的死法。畫筆大約並不算頂好，但這樣上百幅的死的圖畫，看了也就夠勁兒。過了河往裏去，可以看見城牆的遺跡。牆依山而築，蜿蜒如蛇；現在卻只見一段一段的嵌在住屋之間。但九座望樓還好好的，和水塔一樣都是多角錐形；多年的風吹日曬雨淋，顏色是黯淡得很了。

冰河公園也在山上。古代有一個時期北半球全埋在冰雪裏，瑞士自然在內。阿爾卑斯山上積雪老是不化，越堆越多。在底下的漸漸地結成冰，最底下的一層漸漸地滑下來，順着山勢，往谷裏流去。這就是冰河。冰河移動的時候，遇着夏季，便大量地溶化。這樣溶化下來的一股大水，力量無窮；石頭上一個小縫兒，在一個夏天裏，可以讓冲成深深的大潭。這個叫磨穴。有時大石塊被帶進潭裏去，出不來，便只在那兒跟着水轉。初起有稜角，將潭壁上磨了許多道兒；日子多了，稜角慢慢光了，就成了一個大圓球，還是轉着。這個叫磨石。冰河公園便以這類遺跡得名。大大小小的石潭，大大小小的石球，現在是安靜了；但那粗糙的樣子還能教你想見多少萬年前大自然的氣力。可是奇怪，這些不言不語的頑石，居然背着多少萬年的歷史，比我們人類還老得多；要沒人卓古證今地說，誰相信。這樣講，古詩人慨嘆「磊磊澗中石」，似乎也很有些道理在裏頭了。這些遺跡本來一半埋在亂石堆裏，一半埋在草地裏，直到一八七二年秋天才偶然間被發現。還發現了兩種化石：一種上是些蚌殼，足見阿爾卑斯脚下這一塊土原來是滔滔的大海。另一種上是片棕葉，又足見此地本有熱帶的大森林。這兩期都在冰河期前，日子雖然更杳茫，光景卻還能在眼前描畫得出，但我們人類與那種大自然一比，卻未免太微細了。

立磯山(Rigi)在盧參之西，乘輪船去大約要一點鐘。去時是個陰天，雨意很濃。四圍陡峭的青山的影子冷冷地沈在水裏。湖面兒光光的，像大理石一像。上岸的地方叫威茲老，山脚下一座小小的村落，疎疎散散遮遮掩掩的人家，靜透了。上山坐火車，只一輛，走得可眞慢，雖不像蝸牛，卻像牛之至。一邊是山，太近了，不好看。一邊是湖，是湖上的山；從上面往下看，山像一片一片兒插着，湖也像只有一薄片兒。有時窗外一座大崖石來了，便什麼都不見；有時一片樹木來了，只好從枝葉的縫兒裏張一下。山上和山下一樣，靜透了，常常聽到牛鈴兒叮兒噹的。牛帶着鈴兒，爲的是跑到那兒都好找。這些牛眞有些「不知漢魏」，有一回居然擋住了火車；開車的還有山上的人幫着，吆喝了半天，才將它們鬨走。但是誰也沒有着急，只微微一笑就算了。山高五千九百零五英尺，頂上一塊不大的平場。據說在那兒可以看見周圍九百里的湖山，至少可以看見九個湖和無數的山峯。可是我們的運氣壞，上山後雲便越濃起來；到了山頂，什麼都裹在雲裏，幾乎連我們自己也在內。在不分遠近的白茫茫裏悶坐了一點鐘，下山的車才來了。

交湖(Interlaken)在盧參的東南。從盧參去，要坐六點鐘的火車。車子走過勃呂尼山峽。這條山峽在瑞士是最低的，可是最有名。沿路的風景實在太奇了。車子老是挨着一邊兒山脚下走，路很窄。那邊兒起初也只是山，青青青青的。越望上走，那些山越高了，也越遠了，中間豁然開朗，一片一片的谷，是從來沒看見過的山水畫。車窗裏直望下去，卻往往只見一叢叢的樹頂，到處是深的綠，在風裏微微波動着。路似乎頗彎曲的樣子，一座大山峯老是看不完；瀑布左一條右一條的，多少讓山頂上的雲掩護着，清淡到像一些聲音都沒有，不知轉了多少轉，到勃呂尼了。這兒高三千二百九十六英尺，差不多到了這條峽的頂。從此下山，不遠便是勃利安湖的東岸，北岸就是交湖了。車沿着湖走。太陽出來了，隔岸的高山青得出煙，湖水在我們脚下百多尺，閃閃的像琺瑯一樣。

交湖高一千八百六十六英尺，勃利安湖與森湖交會於此。地方小極了，只有一條大街；四圍讓阿爾卑斯的羣峯嚴嚴地圍着。其中少婦峯最爲秀拔，積雪皚皚，高出雲外。街北有兩條小徑。一條沿河，一條在山脚下，都以幽靜勝。小徑的一端，依着座小山的形勢參差地安排着些別墅般的屋子。街南一塊平原，只有稀稀的幾個人家，顯得空曠得不得了。早晨從旅館的窗子看，一片清新的朝氣冉冉地由遠而近，彷彿在古時的村落裏。街上滿是旅館和鋪子；鋪子不外賣些紀念品，咖啡，酒飯等等，都是爲游客預備的；還有旅行社，更是的。這個地方簡直是游客的地方，不像屬於瑞士人。紀念品以刻木爲最多，大概是些小玩意兒；是一種塗紫色的木頭，雖然刻得粗略，卻有氣力。在一家鋪子門前看見一個美國人在說，「你們這些東西都沒有用處；我不歡喜玩意兒。一買點紀念品而還要考較用處。此君眞美國得可以了。

從交湖可以乘車上少婦峯，路上要換兩次車。在老台勃魯能換爬山電車，就是下面帶齒輪的。這兒到萬根，景致最好看。車子慢慢爬上去，窗外展開一片高山與平陸，寬曠到一眼望不盡。坐在車中，不知道車子如何爬法；卻看那邊山上也有一條陡峻的軌道，也有車子在上面爬着，就像一隻甲蟲。到萬格那爾勃可見冰川，在太陽裏亮晶晶的。到小夏代格再換車，軌道中間裝上一排鐵鉤子，與車底下的齒輪好咬得更緊些。這條路直通到少婦峯前頭，差不多整個兒是隧道；因爲山上滿積着雪，不得不打山肚裏穿過去。這條路是歐洲最高的鐵路，費了十四年工夫才造好，要算近代頂偉大的工程了。

在隧道裏走沒有多少意思，可是哀格望車站值得看。那前面的看廊是從山岩裏硬鑿出來的。三個又高又大又粗的拱門般的窗洞，教你覺得自己藐小。望出去很遠；五千九百零四英尺下的格林德瓦德也可見。少婦峯站的看廊卻不及這裏；一眼盡是雪山，雪水從簷上滴下來，別的什麼都沒有。雖在一萬一千三百四十二英尺的高處，而不能放開眼界，未免令人有些悵悵。但是站裏有一架電梯，可以到山頂上去。這是小小一片高原，在明西峯與少婦峯之間，三百二十英尺長，厚厚地堆着白雪。雪上雖只是淡淡的日光，乍看竟耀得人睜不開眼。這兒可望得遠了。一層層的峯巒起伏着，有戴雪的，有不戴的；總之越遠越淡下去。山縫裏躲躲閃閃一些玩具般的屋子，據說便是交湖了。原上一頭插着瑞士白十字國旗，在風裏颯颯地響，頗有些氣勢。山上不時地雪崩，沙沙沙沙流下來像水一般，遠看很好玩兒。脚下的雪滑極，不走慣的人寸步都得留神才行。少婦峯的頂還在二千三百二十五英尺之上，得憑着自己的手脚爬上去。

下山還在小夏代格換車，卻打這兒另走一股道，過格林德瓦德直到交湖，路似乎平多了。車子繞明西峯走了好些時候。明西峯比少婦峯低些，可是大。少婦峯秀美得好，明西峯雄奇得好。車子緊挨着山脚轉，陡陡的山勢似乎要向窗子裏直壓下來，像傳說中的巨人。這一路有幾條瀑布；瀑布下的溪流快極了，翻着白沫，老像沸着的鍋子。早九點多在交湖上車，回去是五點多。

司皮也茲(Spiez)是玲瓏可愛的一個小地方；臨着森湖，如浮在湖上。路依山而建，共有四五層，台階似的。街上常看不見人。在旅館樓上待着，遠處偶然有人過去，說話聲音聽得清清楚楚的。傍晚從露臺上望湖，山腳下的暮靄混在一抹輕藍裏，加上幾星兒剛放的燈光，眞有味。孟特羅（Montreux）的果子可可糖也眞有味。日內瓦像上海，只湖中大噴水，高二百餘英尺，還有盧梭島及他出生的老屋，現在已開了古董鋪的，可以看看。

龍橋

交湖與少婦峯

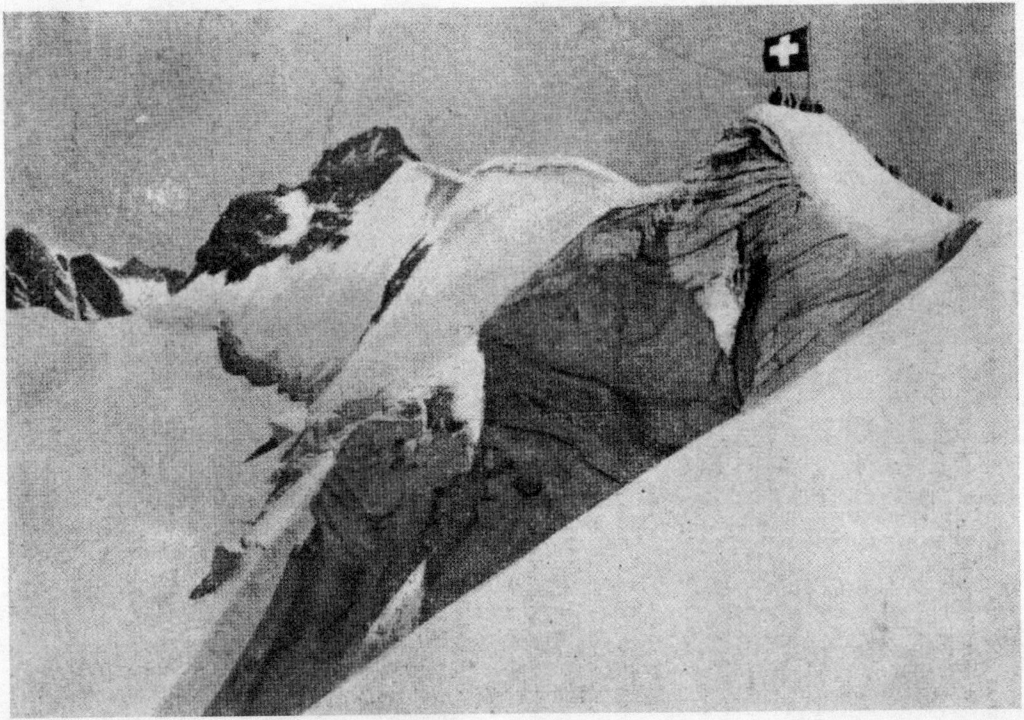

原雪的上站峯婦少

'代夫脫風景'

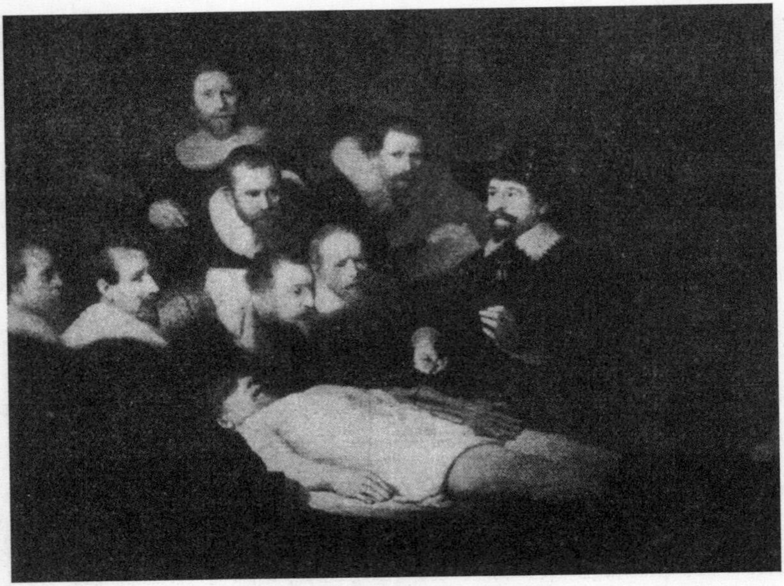

‘術　手’

荷蘭

一個在歐洲沒住過夏天的中國人，在初夏的時候，上北國的荷蘭去，他簡直覺得是新秋的樣子。淡淡的天色，寂寂的田野，火車走着，像沒人理會一般。天盡頭處偶爾看見一架半架風車，動也不動的，像向天揸開的鐵手。在瑞士走，有時也是這樣一勁兒的靜；可是這兒的肅穆，瑞士卻沒有。瑞士大半是山道，窄狹的，彎曲的，這兒是一片廣原，氣象自然不同。火車漸漸走近城市，一溜房子看見了。紅的黃的顏色，在那灰灰的背景上，越顯得鮮明照眼。那尖屋頂原是三角形的底子，但左右兩邊近底處各折了一折，便多出兩個角來；機伶裏透着老實，像個小胖子，又像個小老頭兒。

荷蘭人有名地會蓋房子。近代談建築，數一數二是荷蘭人。快到羅特丹(Rotterdam)的時候，有一家工廠，房屋是新樣子。房子分兩截，近處一截是一道內曲線，兩大排玻璃窗子反射着強弱不同的光。接連着的一截是比較平正些的八層樓，窗子也是橫排的。「樓梯間」滿用玻璃，外面既好看，上樓又明亮好走，比舊式陰森森的樓梯間，只在牆上開着小窗戶的自然好多了。整排不斷的橫窗戶也是現代建築的特色；靠着鋼骨水泥，才能這樣辦。這家工廠的橫窗戶有兩個式樣，窗寬牆窄是一式，牆寬窗窄又是一式。有人說這種牆和窗子像麵包夾火腿；但那是麵包那是火腿卻弄不明白。又有人說這種房子彷彿滿支在玻璃上，老教人疑心要倒塌似的。可是我只覺得一條條連接不斷的橫線都有大氣力，足以支撑這座大屋子而有餘，而且一眼看下去，痛快極了。

海牙和平宮左近，也有不少新式房子，以鋪面爲多，與工廠又不同。顏色要鮮明些，裝飾風也要重些，大致是淸秀玲瓏的調子。最精緻的要數那一座「大廈」，是分租給人家住的。是不規則的幾何形。約莫居中是高聳的通明的樓梯間，界劃着黑鋼的小方格子。一邊是長條子，像伸着的一隻胳膊；一邊是方方的。每層樓都有欄干，長的那邊用藍色，方的那邊用白色，襯着淡黃的窗子。人家說荷蘭的新房子就像一隻輪船，眞不錯。這些欄干正是輪船上的玩意兒，那梯子間就是烟囱了。大廈前還有一個狹長的池子，淺淺的，盡頭處一座雕像。池旁種了些花草，散放着一兩張椅子。屋子後面沒有欄干，可是水泥牆上簡單的幾何形的界劃，看了也非常爽目。那一帶地方很寬闊，又清靜，過午時大廈滿在太陽光裏，左近一些碧綠的樹掩映着，教人捨不得走。亞姆斯特丹(Amsterdam)的新式房子更多。皇宮附近的電報局，樣子打得巧，斜對面那家電氣公司卻一味地簡樸；兩兩相形起來，倒有點意思。別的似乎都趕不上這兩所好看。但「新開區」還有整大片的新式建築，沒有得去看，不知如何。

荷蘭人又有名地會畫畫。十七世紀的時候，荷蘭脫離了西班牙的覊絆，漸漸地興盛，小康的人家多起來了。他們衣食既足，自然想着些風雅的玩意兒。那些大幅的神話畫宗教畫，本來專供裝飾宮殿小教堂之用。他們是新國，用不着這些。他們只要小幅頭畫着本地風光的。人像也好，風俗也好，景物也好，只要

「荷蘭的」就行。在這些畫裏，他們親親切切地看見自己。要求旣多，供給當然跟着。那時畫是上市的，和皮鞋與蔬菜一樣，價錢也差不多。就中風俗畫(Genre picture)最流行。直到現在，一提起荷蘭畫家，人總容易想起這種畫。這種畫的取材是極平凡的日常生活；而且限於室內，採的光往往是灰暗的。這種材料的生命在親切有味或滑稽可喜。一個賣野味的鋪子可以成功一幅畫，一頓飯也可以成功一幅畫。有些滑稽太過，便近乎低級趣味。譬如海牙毛利丘司(Mauritshuis)畫院所藏的莫蘭那(Molenaer)畫的「五覺圖」。嗅覺一幅，畫一婦人捧着小孩，它正在拉矢。觸覺一幅更奇，畫一婦人坐着，一男人探手入她的衣底；婦人便舉起一隻鞋，要向他的頭上打下去。這畫院裏的名畫卻眞多。陀(Dou)的「年輕的管家婦」，瑣瑣屑屑地畫出來，沒有一些地方不熨貼。

鮑特(Potter)的「牛」工極了，身上一個蠅子都沒有放過，但是活極了，那牛簡直要從牆上緩緩地走下來；布局也單純得好。衞米爾(Vermeer)畫他本鄉代夫脫(Delft)的風景一幅，充分表現那靜肅的味道。他是大風景畫家，以善分光影和精於布局著名。風景畫取材雜，要安排得停當是不容易的。荷蘭畫像，哈司(Hals)是大師。但他的好東西都在他故鄉哈來姆(Haorlem)，別處見不着。亞姆斯特丹的力克士博物院(Ryks Museum)中有他一幅「俳優」，是一個彈着琵琶的人，神氣頗足。這些都是十七世紀的畫家。

但是十七世紀荷蘭最大的畫家是冉伯讓(Rembrandt)。他與一般人不同，創造了個性的藝術；將自己的思想感情，自己這個人放進他畫裏去。他畫畫不再伺候人；卽使畫人像，畫宗教題目，也還分明地見出自己。十九世紀藝術的浪漫運動只承認表現藝術家的個性的作品有價值，便是他的影響。他領略到精神生活裏神祕的地方，又有深厚的情感。最愛月一片黑做背景；但那黑是活的不是死的。黑裏漸漸透出黃黃的光，像壓着的火焰一般；在這種光裏安排着他的人物。像這樣的光影的對照是他的絕技；他的神祕與深厚也便從這裏見出。這不僅是浮泛的幻想，也是貼切的觀察；在他作品裏夢和現實混在一塊兒。有人說他從北國的煙雲裏悟出了畫理，那也許是眞的。他會看到氤氳的底裏去。他的畫像最能表現人的心理，也便是這個緣故。

毛利丘司裏有他的名作「手術」「西面在聖殿中」。前一幅寫出那坐着在說話的主治大夫從容不迫的樣子。別的大夫們圍着手術臺，有些坐着，有些站着；毛着腰的，側着身子的，直挺挺站着的，應有盡有。他們的頭，或俯或仰，或偏或正，沒有兩個人相同。他們的眼看着病人，看着主治大夫，或無所屬；但都在凝神聽話。寫那種專心致志的光景，維妙維肖。後一幅寫殿宇的莊嚴，和參加的人的聖潔與和藹，一種虔敬的空氣瀰漫在畫面上，教人看了會沈靜下去。他的另一傑作「守夜」在力克士博物院裏。這裏一大羣武士，都拿了兵器在守望着敵人。一位爵爺站在前排正中間，向着旁邊的弁兵有所吩咐；別的人有的在眺望，有的在指點，有的在低低地談論，右端一個打鼓的，人和鼓都只露了一半；他似乎焦急着，只想將槌子敲下去。左端一個人也在忙忙地伸着右手整理他的鎗口。他的左胳膊底下鑽出一個孩子，露着驚惶的臉。人物的安排，交互地用疏密與明暗；乍看不匀稱，細看再匀稱沒有。這幅畫裏光的運用最巧妙；那些濃淡渾析的地方，便是全畫的精神所在。冉伯讓是雷登（Leyden）人，晚年住在亞姆斯特丹。他的房子還在，裏面陳列着他的腐刻畫與鋼筆毛筆畫。腐刻畫是用藥水在銅上刻出畫來，他是大匠手；鋼筆畫毛筆畫他也擅長。這裏還有他的一座銅像，在用他的名字的方場上。

海牙是荷蘭的京城，地方不大，可是清靜。走在街上，在淡淡的太陽光裏，覺得什麼都可以忘記了的樣子。城北尤其如此。新的和平宮就在這兒，這所屋是一個人捐了做國際法庭用的。屋不多，裏面裝飾得很好看。引導人如數家珍地指點着，告訴游客這些裝飾品都是世界各國捐贈的。樓上正中一間大會議廳，他們稱爲日本廳；因爲三面牆上都掛着日本的大幅的緙絲，而這幾幅東西是日本用了多少多少人在不多的日子裏特地趕做出來給這所和平宮用的。這幾幅都是花鳥，顏色鮮明，織得也細緻；那日本特有的清麗的畫風整個兒表現着。中國送的兩對景泰藍的大壺（古禮器的壺）也安放在這間廳裏。廳中間是會議席，每一張椅子背上有一個緞套子，繡着一國的國旗；那國的代表開會時便坐在這裏。屋左屋後是花園；亭子，噴水，雕像，花木等等，錯綜地點綴着，明麗深曲兼而有之。也不十二分大，卻老像走不盡的樣子。從和平宮向北去，電車在稀疏的樹林子裏走。滿車中綠陰陰的，斑駁的太陽光在車上在地下跳躍着過去。不多一會兒就到海邊了。海邊熱鬧得很，玩兒的人來往不絕。長長的一帶沙灘上，滿放着些籐簍子——實在是些轎式的籐椅子，預備洗完澡坐着曬太陽的。這種籐簍子的頂像一個瓢，又圓又胖，那拙勁兒真好。更衣的小木屋也多。大約天氣還冷，沙灘上只看見零零落落的幾個人。那北海的海水白白的展開去，沒有一點風濤，像個頂聽話的孩子。

亞姆斯特丹在海牙東北，是荷蘭第一個大城。自然不及海牙清靜。可是河道多，差不多有一道街就有一道河，是北國的水鄉；所以有「北方威尼斯」之稱。橋也有三百四十五座，和威尼斯簡直差不多。河道寬闊乾淨，卻比威尼斯好；站在橋上順着河望過去，往往水木明瑟，引着你一直想見最遠最遠的地方。亞姆斯特丹東北有一個小島，叫馬鏗(Marken)島，是個小村子。那邊的風俗服裝古裏古怪的，你一脚踏上岸就會覺得回到中世紀去了。乘電車去，一路經過兩三個村子。那是個陰天。漠漠的風煙，紅黃相間的板屋，正在旋轉着讓船過去的橋，都教人耳目一新。到了一處，在街當中下了車，由人指點着找着了小汽輪。海上坦蕩蕩的，遠處一架大風車在慢慢地轉着。船在斜風細雨裏走，漸漸從朦朧裏看見馬鐙島。這個島眞正「不滿眼」，一道堤低低的環繞着。據說島只高出海面幾尺，就仗着這一點兒堤擋住了那茫茫的海水。島上不過二三十份人家，都是尖頂的板屋；下面一律搭着架子，因爲隔水太近了。板屋是紅黃黑三色相間着，每所都如此。島上男人未多見，也許打漁去了；女人穿着紅黃白藍黑各色相間的衣裳，和他們的屋子相配。總而言之，一到了島上，雖在黯淡的北海上，眼前卻亮起來了。島上各家都預備着許多紀念品，爭着將游客讓進去；也有裝了一大柳條筐，一手抱着孩子，一手挽着筐子在路上兜售的。自然做這些事的都是些女人。紀念品裏有些玩意兒不壞：如小木鞋，像我們的毛窩的樣子；如長的竹烟袋兒，烟袋鍋的脖子上掛着一雙頂小的木鞋，的里瓜拉的；如手絹兒，一角上絨繡着島上的女人，一架大風車在她們頭上。

回來另是一條路，電車經過另一個小村子叫伊丹（Edam）。這兒的乾酪四遠馳名，但那一座挨着一座跨在一條小河上的高架弔橋更有味。望過去足有二三十座，架子像城門圈一般；走上去便微微搖晃着。河直而窄，兩岸不多幾層房屋，路上也少有人，所以彷彿只有那一串兒的橋輕輕地在風裏擺着。這時候眞有些覺得是回到中世紀去了。

柏林

柏林的街道寬大，乾淨，倫敦巴黎都趕不上的；又因爲不景氣，來往的車輛也顯得稀些。在這兒走路，儘可以從容自在地呼吸空氣，不用張張望望躲躲閃閃。找路也頂容易，因爲街道大概是縱橫交切，少有「旁逸斜出」的。最大最闊的一條叫菩提樹下，柏林大學，國家圖書館，新國家畫院，國家歌劇院都在這條街上。東頭接着博物院洲，大教堂，故宮；西邊到著名的勃朗登堡門爲止，長不到二里。過了那座門便是梯爾園，街道還是直伸下去——這一下可長了，三十七八里。勃朗登堡門和巴黎凱旋門

‘勃嘉蒙的享殿’

鐵他尼亞宮電影院

‘歷史的風車’

一樣，也是紀功的。建築在十八世紀末年，有點仿雅典奈昔克里司門的式樣。高六十六英尺，寬六十八碼半；兩邊各有六根多力克式石柱子。頂上是站在駟馬車裏的勝利神像，雄偉莊嚴，表現出德意志國都的神彩。那神像在一八零七年被拿破侖當作勝利品帶走，但七年後便又讓德國的隊伍帶囘來了。

從菩提樹下西去，一出這座門，立刻神氣清爽，眼前別有天地；那空闊，那望不到頭的綠樹，便是梯爾園。這是柏林最大的公園，東西六里，南北約二里。地勢天然生得好，加上樹種得非常巧妙，小湖小溪，或隱或顯，也安排的是地方。大道像輪子的輻，湊向軸心去。道旁齊齊地排着葱鬱的高樹；樹下有時候排着些白石雕像，在深綠的背景上越顯得潔白。小道像樹葉上的脈絡，不知有多少。跟着道走，總有好地方，不孤負你。園子裏花壇也不少。羅森花壇是出名的一個，玫瑰最好。一座天然的圍牆，圓圓地繞着，上面密密地厚厚地長着綠的小圓葉子；牆頂參差不齊。壇中有兩個小方池，滿飄着雪白的水蓮花，玲瓏地托在葉子上，像惺忪的星眼。兩池之間是一個皇后的雕像；四圍的花香花色好像她的供養。梯爾園人工勝於天然。眞正的天然卻又是一番境界。曾走過市外「新西區」的一座林子。稀疏的樹，高而瘦的幹子，樹下隨意彎曲的路，簡直教人想到倪雲林的畫本。看着沒有多大，但走了兩點鐘，卻還沒走完。

柏林市內市外常看見運動員風的男人女人。女人大概都光着脚亮着胳膊，雄赳赳地走着，可是並不和男人一樣。她們不像巴黎女人的苗條，也不像倫敦女人的拘謹，卻是自然得好。有人說她們太粗，可是有股勁兒。司勃來河橫貫柏林市，河上有不少划船的人。往往一男一女對坐着，男的只穿着游泳衣，也許赤着膊只穿短褲子。看的人絕不奇怪而且有喝采的。曾親見一個女大學生指着這樣划着船的人說，「美啊！」贊美身體，贊美運動，已成了他們的道德。星期六星期日上水邊野外看去，男男女女老老少少誰都帶一點運動員風。再進一步，便是所謂「自然運動」。大家索性不要那撈什子衣服，那才眞是自然生活了。這有一定地方，當然不會隨處見着。但書籍雜誌是容易買到的。也有這種電影。那些人運動的姿勢很好看，很柔軟，有點兒像太極拳。在長天大海的背景上來這一套，確是美的，和諧的。日前報上說德國當局要取締他們，看來未免有些個多事。

柏林重要的博物院集中在司勃來河中一個小洲上。這就叫做博物院洲。雖然叫做洲，因爲周圍陸地太多，河道幾乎擠得沒有了，加上十六道橋，走上去毫不覺得身在洲中。洲上總共七個博物院，六個是通連着的。最奇偉的是勃嘉蒙(Pergamon)與近東古跡兩個。勃嘉蒙在小亞細亞，是希臘的重要城市，就是現在的貝加瑪。柏林博物院團在那兒發掘，掘出一座大享殿，是祭大神宙斯用的。這座殿是二千二百年前造的，規模宏壯，雕刻精美。掘出的時候已經殘破；經學者苦心研究，知道原來是什麼樣子，便照着修補起來，安放在一間特建的大屋子裏。屋子之大，讓人要怎麼看這座殿都成。屋頂滿是玻璃，讓光從上面來，最均勻不過；牆是淡藍色，襯出這座白石的殿越發有神兒。殿是方鎖形，周圍都是愛翁匿克式石柱，像是個廊子。當鎖口的地方，是若干層的台階兒。兩頭也有幾層，上面各有殿基；殿基上，柱子下，便是那著名的「壁雕」。壁雕(Frieze)是希臘建築裏特別的裝飾；在狹長的石條子上半深淺地雕刻着些故事，嵌在牆壁中間。這種壁雕頗有名作。如現存在不列顛博物院裏的雅典巴昔農神殿的壁雕便是。這里的是一百三十二碼長，有一部分已經移到殿對面的牆上去。所刻的故事是奧靈匹亞諸神與地之諸子巨人們的戰爭。其中人物精力飽滿，歷劫如生。另一間大屋裏安放着羅馬建築的殘跡。一是大三座門，上下兩層，上層全爲裝飾用。兩層各用六對哥林斯式的石柱，與門相間着，隔出略帶曲折的廊子。上層三座門是實的，裏面各安着一尊雕像，全體整齊秀美之至。一是小神殿。兩樣都在第二世紀的時候。

近東古跡院裏的東西是十九世紀末二十世紀初年德國東方學會在巴比侖和亞述發掘出來的。中間巴比侖的以色他門 (Ischtar

Gateway）最為壯麗。門建築在二千五百年前奈補卡德乃沙王第二的手裏。門圈兒高三十九英尺，城垛兒四十九英尺，全用藍色琺瑯磚砌成。牆上浮雕着一對對的龍（與中國所謂龍不同）和牛，黃的白的相間着；上下兩端和邊上也是這兩色的花紋。龍是巴比命城隍馬得的聖物，牛是大神亞達的聖物。這些動物的像稀疏地排列着，一面牆上只有兩行，踦角上只有一行；形狀也單純劃一。色彩在那藍的地子上，卻非常之鮮明。看上去眞像大幅緙絲的圖案似的。還有巴比侖王宮裏正殿的面牆，是與以色他門同時做的，顏色鮮麗也一樣，只不過以植物圖案為主吧了。馬得祭道兩旁屈折的牆基也用藍琺瑯磚；上面卻雕着向前走的獅子。這個祭道直通以色他門，現在也修補好了一小段，仍舊安在以色他門前面。另有一件模型，是整個兒的巴比侖城。這也可以慰情聊勝無了。亞述巴先宮的面牆放在以色他門的對面，當然也是修補起來的：周周正正的拱門，一層層又細又密的柱子，在許多直線裏透出秀氣。

新博物院第一層中央是一座廳。兩道寬闊而華麗的樓梯彷彿佔住了那間大屋子，但那間屋子還是照樣地覺得大不可言。屋裏什麼都高大；迎着樓梯兩座複製的大雕像，兩邊牆上大幅的歷史壁畫，一進門就讓人覺着萬千的氣象。德意志人的魄力，眞有他們的。樓上本是雕版陳列室，今年改作哥德展覽會。有哥德和他朋友們的像，他的畫，他的書的插圖等等。浮士德的插圖最多，同一件事各人畫來趣味各別。樓下是埃及古物陳列室，大大小小的「木乃伊」都有；小孩的也有。有些在頭部放着一塊板，板上畫着死者的面相；這是用熔蠟畫的，畫法已失傳。這似乎是古人一件聰明的安排，讓千秋萬歲後，還能辨認他們的面影。另有人種學博物院在別一條街上，分兩院。所藏既豐富，又多罕見的。第一院吐魯番的壁畫最多。那些完好的眞是妙莊嚴相；那些零碎的也古色古香。中國日本的東西不少，陳列得有系統極了，中日人自己動手，怕也不過如此。第二院藏的日本的漆器與畫很好。史前的材料都收在這院裏。有三間屋專陳列一八七一到一八九零希利曼（Heinrich Schlieman）發掘特羅衣（Troy）城所得的遺物。

故宮在博物院洲之北，一九二一年改為博物院，分歷史的工藝的兩部分。歷史的部分都是王族用過的公私屋子。這些屋子每間一個樣子；屋頂，牆壁，地板，顏色，陳設，各有各的格調。但輝煌精緻，是異曲同工的。有一間屋頂作穹窿形狀，藍地金星，儼然夜天的光景。又一間張着一大塊傘形的綢子，像在遮着太陽。又一間用了「古絡錢」紋做全室的裝飾。壁上或畫畫，或掛畫。地板用細木頭嵌成種種花樣，光滑無比。外國的宮殿外觀常不如中國的宏麗，但裏邊裝飾的精美，我們卻斷乎不及。故宮西頭是皇儲舊邸。一九一九年因爲國家畫院的畫擁擠不堪，便將近代的作品挪到這兒，陳列在前邊的屋子裏。大部分是印象派表現派，也有立體派。表現派是德國自己的畫派。原始的精神，狂熱的色調，粗野模糊的構圖，你像在大野裏大風裏大火裏。有一件立體派的雕刻，是三個人像。雖然多是些三角形，直線，可是一個有一個的神氣，彼此還互相照應，像眞會說話一般。表現派的精神現在還多多少少存在：柏林魏坦公司六月間有所謂「民衆藝術展覽會」，出售小件用具和玩物。玩物裏如小動物孩子頭之類，頗有些奇形怪狀，別具風趣的。還有展覽場六月間的展覽裏，有一部是翦貼畫。用顏色紙或布拼湊成形，安排在一塊地子上，一面加上些沙子等，教人有實體之感，一面卻故意改變形體的比例與線條的曲直，力避寫實的手法。有些現代人大約「是」要看了這種手藝才痛快的。

這一回展覽裏有好些小家屋的模型，有大有小。大概造起來省錢；屋子裏空氣，光，太陽都夠現代人用。沒有那些無用的裝飾，只看見橫豎的直線。用顏色，或用對照的顏色，教人看一所屋子是「整個兒」，不零碎，不瑣屑。小家屋如此，「大廈」也如此。德國的建築與荷蘭不同。他們注重實用，以簡單爲美，有時候未免太樸素些。近年來柏林這種新房子造得不少。這已不是少數藝術家的試驗而是一般人的需要了。「新西區」一帶便都是的。那一帶住屋小而巧，裏面的裝飾乾淨利落，不顯一點板滯。

「大廈」多在東頭亞歷山大場，似乎美觀的少。有些滿用橫線，像夾沙糕，有些滿用直線；這自然說的是窗子。用直線的據說是美國影響。但美國房屋高入雲霄，用直線合式；柏林的低多了，又向橫裏伸張，用直線便大大地不諧和了。「大廈」之外還有「廣場」，剛才說的展覽場便是其一。這個廣場有八座大展覽廳，連附屬的屋子共佔地十八萬二千平方英尺；空場子合計起來共佔地六十五萬平方英尺。乍走進去的時候，摸不着頭腦，彷彿連自己也會丟掉似的。建築都是新式。整個的場子若在空中看，是一幅圖案，輕靈而不板重。德意志體育場，中央飛機場，也都是這一類新造的廣場。前兩個在西，後一個在南，自然都在市外。此外電影院跳舞場往往得風氣之先，也有些新式樣。如鐵他尼亞宮電影院，那臺，那燈，那花樓，不是用圓，用弧線，便是用與弧線相近的曲線，要的也是一個乾淨利落吧了。臺上一圈兒一圈兒有些像排簫的是管風琴。管風琴安排起來最累贅，這兒的佈置卻新鮮悅目，也許電影管風琴簡單些，才可以這麼辦。顏色用白銀與淡黃對照，教人常常清醒。祖國舞場也是新式，但多用直線形；顏色似乎多一種黑。這裏面有許多咖啡室。日本室便按日本式陳設，土耳其室便按土耳其式。還有萊茵室，在壁上畫着萊茵河的風景，用好些小電燈點綴在天藍的背景上，看去略得河上的夜的意思——自然，屋裏別處是不用燈的。還有雷電室，壁上畫着雷電的情景，用電光運轉；電射雷鳴，與音樂應和着。愛熱鬧的人都上那兒去。

柏林西南有個波次丹（Potsdam），是佛來德列大帝的城。城外有個無愁園，園裏有個無愁宮，便是大帝常住的地方。大帝迷法國，這座宮，這座園子都仿凡爾賽的樣子。但規模小多了，神兒差遠了。大帝和伏爾泰是好朋友，他請伏爾泰在宮裏住過好些日子，那間屋便在宮西頭。宮西邊有一架大風車。據說大帝不喜歡那風車日夜轉動的聲音，派人跟那產主說要買它。出乎意外，產主楞不肯。大帝惱了，又派人去說，不賣便要拆。產主也惱了，說，他會拆，我會告他。大帝想不到鄉下人這麼倔強，大加賞識，那風車只好由它響了。因此現在便叫它做歷史的風車。隔無愁宮沒多少路，有一座新宮，裏面有一間「貝廳」，牆上地上滿嵌着美麗的貝殼和寶石，雖然奇詭，卻以素雅勝。

德瑞司登

德瑞司登(Dresden)在柏林東南，是靜靜的一座都市。歐洲人說這裏有一種禮拜日的味道，因爲他們的禮拜日是安息的日子，靜不過。這裏只有一條熱鬧的大街；在街上走儘可從從容容，斯斯文文的。街盡處便是易北河。河穿全市而過，彎了兩回，所以望不盡。河上有五座橋，彼此隔得遠遠的，顯出玲瓏的樣子。臨河一帶高地，叫做勃呂兒原。站在原上，易北河的風光便都到了眼裏。這是一個陰天，不時地下着小雨；望過去淸淡極了，水與天亮閃閃的，山祇賸一些輪廓，人家的屋子和田地都黑黑兒的。

有人稱這個原爲「歐洲的露臺」，未免太過些，但是確也有些可賞玩的東西。從前有位著名的文人在這兒寫信給他的未婚夫人，說他正從高岸上望下看，河上一處處的綠野與村落好像「繡在一張毯子上；」「河水剛掉轉臉親了德瑞司登一下，馬上又溜開去。」這兒說的是第一個彎子。他還說「繞着的山好像花籃子，響藍的天好像在意大利似的。」在晴天這大約是眞的。

德瑞司登有德國弗羅倫司之稱，爲的一些建築和收藏的畫。這些建築多半在勃呂兒原西南一帶。其中堡宮最有意思。堡宮因爲鄰近舊時的堡壘而得名，是十八世紀初年奧古斯都大力王（Augustus the Strong）吩咐他的建築師裴佩莽（Pöppelmann）蓋的。奧古斯都膂力過人，據說能拗斷馬蹄鐵，又在西班牙鬪牛，刺死了一頭最兇猛的；所以稱爲大力王。他是這座都市的恩主；凡是好東西，美東西，都是他留下來的。他造這個堡宮，一來爲面子，那時候一個親王總得有一所講究的宮房，才有威風，不讓人小看。二來爲展覽美術貨色如磁器，花邊等之用。他想在過年過節的時候，多招徠些外路客人，好讓他的百姓多做些買賣，以繁榮這個地方。他生在「巴洛克」(baroque)時代，雖然傾心法國文化，所造的房子卻都是德國「巴洛克」式。「巴洛克」式重曲線，重裝飾，以華麗炫目爲佳。堡宮便是代表。宮中央是極大一個方院子。南面是正門，頂作冕形，叫冕門；分兩層，像樓屋；彫刻精細，用許多小柱子。兩邊各有好些拱門，每門裏安一座噴水，上面各放着彫像。現在雖是黯淡了，還可想見當年的繁華。西面有水仙出浴池。十四座龕子擁着一座大噴水，像一隻馬蹄，繞着小小的池子；每座龕子裏站着一個女仙出浴的石像，姿態各不相同。龕外龕上另有繁細的雕飾。這是宮裏最美的地方。

堡宮現在分作幾個博物院，儘北頭是國家畫院。德國藏畫，要算這裏最精了。也創始於奧古斯都，而他的兒子繼成其志。奧古斯都自己花錢派了好多人到歐洲各處搜求有價值的畫。到他死的時候，院中巳有好些不朽的名作。他兒子奧古斯都第二在位三十年，教大臣勃呂兒伯爵主持收買名畫。一七四五年在威尼斯買着百多張意大利重要的作品，爲阿爾卑斯山以北所未曾有。一七五四年又從意大利得着拉飛爾的歇司陀的「聖母圖」。這是他的傑作。圖中間是「聖處女」與「聖嬰」，左右是聖巴巴拉與教皇歇克司都第二，下面是兩個小天使。有人說「這張畫裏『聖處女』的臉，美而秀雅，幾乎是女性美的最完全的表現，眞動人，眞出色。」最妙的，端莊與和藹都夠味，一個與耶穌教毫不相干的游客也會起多少敬愛的意思。圖中各人的眼光奇極；從「聖處女」而聖巴巴拉而小天使而教皇，恰好可以鉤一個橢圓圈兒。這樣一來，那對稱的安排才有活氣。畫院馳名世界，全靠勃呂兒伯爵手裏買的這些畫。現在院中差不多有畫二千五百件，以意大利及荷蘭的爲最多。畫排列得比那兒都整齊清楚，見出德國人的脾氣。十八世紀意大利畫家卡那來陀在這裏住過，留下不少腐刻畫，畫着堡宮和街巷的景色。還有他的威尼斯風景畫，這兒也多，色調構圖，鮮明精巧，爲別處收藏的所不及。

大街東有聖母堂，也是著名的古蹟。一七三六年十二月奧古斯都第二在這裏舉行過一回管風琴比賽會。與賽的，大音樂家巴赫(Bach)和一個法國人叫馬降的。那時巴赫還未大大出名，馬降心高氣傲，自以爲能手。比賽的前一天，巴赫從來比錫來，看見管風琴好，不覺技癢，就坐下彈了一回。想不到馬降在一旁竊聽。這一聽可夠他受的。等不到第二天，他半夜裏便溜出德瑞司登了。結果巴赫在奧古斯都第二和四千聽衆之前演了齣獨脚戲。一八四三年樂聖瓦格納也在這裏演奏過他的名曲使徒宴。哥德也站在這裏的講臺上說過話，他贊美易北河上的景致，就是在他眼前的。這在一八一三年八月。教堂上有一座高塔頂，遠遠的就瞧見。相傳一七六九年弗雷德力大帝攻打此地，想着這高頂上必有敵人的瞭望臺，下令開砲轟。也不知怎樣，轟了三天還沒轟着。大帝又恨又惱，透着滿瞧不起的神兒回頭命令砲手道：「由那老笨傢伙去罷！」

德瑞斯登磁器最著名。大街上有好幾家磁器鋪。看來看去，只有舞女的裙子做得實在好。裙子都是白色雕空了像紗一樣，各色各樣的摺紋都有，自然不能像眞的那樣流動，但也難爲他們了。中國磁器沒有如此精巧的，但有些東西卻比較着有韻味。

萊因古堡略圖（×處爲聲聞巖）

'聖母圖'

堡宮　冕門

哥龍的大教堂

羅閏萊

萊因河

萊因河(The Rhine)發源於瑞士阿爾卑斯山中，穿過德國東部，流入北海，長約二千五百里。分上中下三部分。從馬恩斯(Mayence, Mains)到哥龍(Cologne)算是「中萊因」；游萊因河的都走這一段兒。天然風景並不異乎尋常地好；古蹟可異乎尋常地多。尤其是馬恩斯與考勃倫茲(Coblenz)之間，兩岸山上佈滿了舊時的堡壘，高高下下的，錯錯落落的，斑斑駁駁的：有些已經殘破，有些還完好無恙。這中間住過英雄，住過盜賊，或據險自豪，或縱橫馳驟，也曾熱鬧過一番。現在卻無精打彩，任憑日晒風吹，一聲兒不響。坐在輪船上兩邊看，那些古色古香各種各樣的堡壘歷歷的從眼前過去；彷彿自己已經跳出了這個時代而在那些堡壘裏過着無拘無束的日子。游這一段兒，火車卻不如輪船：朝日不如殘陽，晴天不如陰天，陰天不如月夜——月夜，再加上幾點兒螢火，一閃一閃的在尋覓荒草裏的幽靈似的。最好還得爬上山去，在堡壘內外徘徊徘徊。

這一帶不但史蹟多，傳說也多。最淒豔的自然是膾炙人口的聲聞巖頭的仙女了。聲聞巖在河東岸，高四百三十英尺，一大片暗淡的懸巖，嶙嶙峋峋的；河到巖南，向東拐個小灣，這裏有頂大的回聲，巖因此得名。相傳往日巖頭有個仙女美極，終日歌唱不絕。一個船夫傍晚行船，走過巖下。聽見她的歌聲，仰頭一看，不覺忘其所以，連船帶人都撞碎在巖上。後來又死了一位伯爵的兒子。這可闖下大禍來了。伯爵派兵遣將，給兒子報仇。他們打算捉住她，鎖起來，從巖頂直摔下河裏去。但是她不願死在他們手裏，她呼喚萊因母親來接她；河裏果然白浪翻騰，她便跳到浪裏。從此聲聞巖下聽不見歌聲，看不見倩影，只賸晚霞在巖頭明滅*。德國大詩人海涅有詩詠此事；此事傳播之廣，這篇詩也有關係的。友人淦克超先生曾譯第一章云：

傳聞舊低徊，我心何悒悒。
兩峯隱夕陽，萊因流不息。
峯際一美人，燦然金髮明，
清歌時一曲，餘音響入雲。
凝聽復凝望，舟子忘所向，
怪石耿中流，人與舟俱喪。

這座巖現在是已穿了隧道通火車了。

哥龍在萊因河西岸，是萊因區最大的城，在全德國數第三。從甲板上看教堂的鐘樓與尖塔這兒那兒都是的。雖然多麼繁華一座商業城，卻不大有俗塵撲到臉上。英國詩人柯勒列治說，

人知萊因河，洗淨哥龍市；水仙你告我，
今有何神力，洗淨萊因水？

那些樓與塔鎮壓着塵土，不讓飛揚起來，與萊因河的洗刷是異曲同工的。哥龍的大教堂是哥龍的榮耀；單憑這個，哥龍便不死了。這是戈昔式，是世界上最宏大的戈昔式教堂之一。建築在一二四八年，到一八八零年才全部落成。歐洲教堂往往如此，大約總是錢不夠之故。教堂門牆偉麗，尖拱和直稜，特意繁密，又彫了些小花，小動物，和聖經人物，零星點綴着；近前細看，其

精工眞令人驚嘆。門牆上兩尖塔，高五百十五英尺，直入雲霄。戈昔式要的是高而靈巧，讓靈魂容易上通於天。這也是月光裏看好。淡藍的天乾乾淨淨的，只有兩條尖尖的影子映在上面；像是人天僅有的通路，又像是人類祈禱的一雙胳膊。森嚴肅穆，不說一字，抵得千言萬語。教堂裏非常寬大，頂高一百六十英尺。大石柱一行行的，高的一百四十八英尺，低的也六十英尺，都可合抱；在裏面走，就像在大森林裏，和世界隔絕。尖塔可以上去，玲瓏剔透，有凌雲之勢。塔下通迴廊。廊中向下看教堂裏，覺得別人小得可憐，自己高得可怪，眞是顚倒夢想。

*據朱紹華先生萊因紀游，看行雲流水。

巴黎

塞納河穿過巴黎城中，像一道圓弧。河南稱爲左岸，著名的拉丁區就在這裏。河北稱爲右岸，地方有左岸兩個大，巴黎的繁華全在這一帶；說巴黎是「花都」，這一溜兒才眞是的。右岸不是窮學生苦學生所能常去的，所以有一位中國朋友說他是左岸的人，抱「不過河」主義；區區一衣帶水，卻分開了兩般人。但論到藝術，兩岸可是各有勝場；我們不妨說整個兒巴黎是一座藝術城。從前人說「六朝」賣菜傭都有煙水氣，巴黎人誰身上大概都長着一兩根雅骨吧。你瞧公園裏，大街上，有的是噴水，有的是雕像，博物院處處是，展覽會常常開；他們幾乎像呼吸空氣一樣呼吸着藝術氣，自然而然就雅起來了。

右岸的中心是剛果方場。這方場很寬闊，四通八達，周圍都是名勝。中間巍巍地矗立着埃及拉米塞司第二的紀功碑。碑是方錐形，高七十六英尺，上面刻着象形文字。一八三六年移到這裏，轉眼就是一百年了。左右各有一座銅噴水，大得很。水池邊環列着些銅雕像，代表着法國各大城。其中有一座代表司太司堡。自然一八七零年那地方割歸德國以後，法國人每年七月十四國慶日總在像上放些花圈和大草葉，終年地擱着讓人驚醒。直到一九一八年十一月和約告成，司太司堡重歸法國，這才停止。紀功碑與噴水每星期六晚用弧光燈照耀。那碑像從幽暗中穎脫而出；那水像山上崩騰下來的雪。這場子原是法國革命時候斷頭臺的舊址。

在「恐怖時代」，路易十六與王后，還有各黨各派的人輪班在這兒低頭受戮。但現在一點痕跡也沒有了。

場東是磚廠花園。也有一個噴水池；白石雕像成行，與一叢叢綠樹掩映着。在這裏徘徊，可以一直徘徊下去，四圍那些紛紛的車馬，簡直若有若無。花園是所謂法國式，將花草分成一畦畦的，各各排成精巧的花紋，互相對稱着。又整潔，又玲瓏，教人看着賞心悅目；可是沒有野情，也沒有蓬勃之氣，像北平的叭兒狗。這裏春天游人最多，擠擠挨挨的。有時有音樂會，在綠樹陰中。樂韻悠揚，隨風飄到場中每一個人的耳朵裏。再東是加羅塞方場，只隔着一道不寬的馬路。路易十四時代，這是一個校場。場中有一座小凱旋門，是拿破侖造來紀勝的，仿羅馬某一座門的式樣。拿破侖叫將從威尼斯聖馬克堂搶來的駟馬銅像安在門

磚廠花園與小凱旋門

聖龕堂

狗熊像

'勝利女神像'

海龍王噴水池

亨利第二廳

頂上。但到了一八一四年，那銅像終於囘了老家。法國只好換上一個新的，光彩自然差得多。

剛果方場西是大名鼎鼎的仙街，直達凱旋門。有四里半長。凱旋門地勢高，從剛果方場望過去像沒多遠似的，一走可就知道。街的東半截兒，兩旁簡直是園子，春天綠葉子密密地遮着；西半截兒才眞是街。街道非常寬敞。夾道兩行樹，筆直筆直地向凱旋門奔湊上去。凱旋門巍峨爽朗地盤踞在街盡頭，好像在半天上。歐洲名都街道的形勢，怕再沒有趕上這兒的；稱爲「仙街」，不算說大話。街上有戲院，舞場，飯店，夠游客們玩兒樂的。凱旋門一八零六年開工，也是拿破命造來紀功的。但他並沒有看它的完成。門高一百六十英尺，寬一百六十四英尺，進身七十二英尺，是世界凱旋門中最大的。門上雕刻着一七九二至一八一五年間法國戰事片段的景子，都出於名手。其中羅特(Burgrudian Rude，十九世紀)的「出師」一景，慷慨激昂，至今還可以作我們的氣。這座門更有一個特別的地方：在拿破侖週忌那一天，從仙街向上看，團團的落日恰好扣在門圈兒裏。門圈兒底下是一個無名兵士的墓；他埋在這裏，代表大戰中死難的一百五十萬法國兵。墓是平的，地上嵌着文字；中央有個紀念火，餘子粗粗的，紅紅的，在風裏搖晃着。這個火每天由參戰軍人團團員來點。門頂可以上去，乘電梯或爬石梯都成；石梯是二百七十三級。上面看，周圍不下十二條林蔭路，都輻輳到門下，宛然一個大車輪子。

剛果方場東北有四道大街銜接着，是巴黎最繁華的地方。大鋪子差不多都在這一帶，珠寶市也在這兒。各店家陳列窗裏五花八門，五光十色，珍奇精巧，兼而有之；管保你走一天兩天看不完，也看不倦。步道上人挨挨湊湊，常要躲閃着過去。電燈一亮，更不容易走。街上「咖啡」東一處西一處的，沿街安着座兒，有點兒像北平中山公園裏的茶座兒。客人慢慢地喝着咖啡或別的，慢慢地抽煙，看來往的人。「咖啡」本是法國的玩意兒；巴黎差不多每道街都有，怕是比那兒都多。巴黎人喝咖啡幾乎成了癖，就像我國南方人愛上茶館。「咖啡」裏往往備有紙筆，許多人都在那兒寫信；還有人讓「咖啡」收信，簡直當做自己的家。文人畫家更愛坐「咖啡」；他們愛的是無拘無束，容易會朋友，高談闊論。愛寫信固然可以寫信，愛做詩也可以做詩。大詩人魏爾侖(Verlaine)的詩，據說少有不在「咖啡」裏寫的。坐「咖啡」也有派別。一來「咖啡」是熟的好，二來人是熟的好。久而久之，某派人坐某「咖啡」便成了自然之勢。這所謂派，當然指文人藝術家而言。一個人獨自去坐「咖啡」，偶爾一回，也許不是沒有意思，常去卻未免寂寞得慌；這也與我國南方人上茶館一樣。若是外國人而又不懂話，那就更可不必去。巴黎最大的「咖啡」有三個，卻都在左岸。這三座「咖啡」名字裏都含着「圓圓的」意思，都是文人藝術家薈萃的地方。裏面裝飾滿是新派。其中一家，電燈壁畫滿是立體派，據說這些畫全出於名家之手。另一家據說時常陳列着當代畫家的作品，待善價而沽之。坐「咖啡」之外還有站「咖啡」，卻有點像我國南方的喝櫃臺酒。這種「咖啡」大概小些。櫃臺長長的，客人圍着要喫的喝的。喫喝都便宜些，爲的是不用多伺候你，你喫喝也比較不舒服些。站「咖啡」的人臉向裏，沒有甚麼看的，大概喫喝完了就走。但也有人用胳膊肘兒斜靠在櫃臺上，半邊身子偏向外，寫意地眺望，談天兒。巴黎人喫早點，多半在「咖啡」裏。普通是一杯咖啡，兩三個月芽餅就夠了，不像英國人喫得那麼多。月芽餅是一種麵包，月芽形，酥而軟，趁熱喫最香；法國人本會烘麵包，這一種不但好喫，而且好看。

盧森堡花園也在左岸，因盧森堡宮而得名。宮建於十七世紀初年，曾用作監獄，現在是上議院。花園甚大。裏面有兩座大噴水，背對背緊挨着。其一是梅迭契噴水，雕刻的是亞西司 (Acis) 與加拉台亞 (Galatea) 的故事。巨人波力非摩司 (Polyphamos) 愛加拉台亞。他曉得她喜歡亞西司，便向他頭上扔下一塊大石頭，將他打死。加拉台亞無法使亞西司復活，只將他變成一道河水。這個故事用在一座噴水上，倒有些遠意。園中綠樹成行，濃陰滿地，白石雕像極多，也有銅的。巴黎的雕像眞如家常便飯。花園南頭，自成一局，是一條蔭道。最南頭，天文臺前面又是一座噴水，中央四個力士高高地扛着四限儀，下邊環繞着四對奔馬，氣象雄偉得很。這是卡波(Carpeaus，十九世紀)所作。卡波與羅特同爲寫實派，所作以形綫柔美著。

沿着塞納河南的河牆，一帶舊書攤兒，六七里長，也是左岸特有的風光。有點像北平東安市場裏舊書攤兒。可是背景太好了。河水終日悠悠地流着，兩頭一眼望不盡；左邊盧佛宮，右邊聖母堂，古香古色的。書攤兒黯黯的，低低的，窄窄的一溜；一小格兒一小格兒，或連或斷，可沒有東安市場裏的大。攤上放着些破書；旁邊小凳子上坐着掌櫃的。到時候將攤兒蓋上，鎖上小鐵鎖就走。這些情形也活像東安市場。

鐵塔在巴黎西頭，塞納河東岸，高約一千英尺，算是世界上最高的塔。工程艱難浩大，建築師名愛非爾(Eiffel)，也稱爲愛非爾塔。全塔用鐵骨造成，如網狀，空處多於實處，輕便靈巧，亭亭直上，頗有戈昔式的餘風。塔基佔地十七畝，分三層。頭層離地一百八十六英尺，二層三百七十七英尺，三層九百二十四英尺，連頂九百八十四英尺。頭二層有「咖啡」，酒館及小攤兒等。電梯步梯都有，電梯分上下兩廂，一廂載直上直下的客人，一廂載在頭層停留的客人。最上層卻非用電梯不可。那梯口常常擁擠不堪。壁上貼着「小心扒手」的標語，收票人等嘴裏還不住地唱道，「小心呀！」這一段兒走得可慢極，大約也是「小心」吧。最上層只有賣紀念品的攤兒和一些問心機。這種問心機歐洲各游戲場中常見；是些小鐵箱，一箱管一事。放一個錢進去，便可得到回答；回答若干條是印好的，指針所停止的地方就是專答你。也有用電話回答的。譬如你要問流年，便向流年箱內投進錢去。這實在是一種開心的玩意兒。這層還專設一信箱；寄的信上蓋鐵塔形郵戳，好讓親友們留作紀念。塔上最宜遠望，全巴黎都在眼下。但盡是密匝匝的房子，只覺應接不暇而無蒼茫之感。塔上滿綴着電燈，晚上便是種種廣告；在暗夜裏這種明妝倒值得一番領略。隔河是特羅卡代羅(Trocadéro)大廈，有道橋筆直地通着。這所大廈是爲一八七八年的博覽會造的。中央圓形，圓窗圓頂，兩支高高的尖塔分列頂側；左右翼是新月形的長房。下面許多級台階，階下一個大噴水池，也是圓的。大廈前是公園，鐵塔下也是的；一片空闊，一片綠。所以大廈遠看近看都顯出雄巍巍的。大廈的正廳可容五千人。它的大在橫裏；鐵塔的大在直裏。一橫一直，恰好稱得住。

歌劇院在右岸的鬧市中。門牆是威尼斯式，已經烏暗暗的，走近前細看，才見出上面精美的雕飾。下層一排七座門，門間都安着些小雕像。其中羅特的「舞羣」，最有血有肉，有情有力。羅特是寫實派作家，所以如此。但因爲太生動了，當時有些人還見不慣；一八六九年這些雕像揭幕的時候，一個宗教狂的人，趁夜裏悄悄地向這羣像上倒了一瓶墨水。這件事傳開了，然而羅特卻因此成了一派。院裏的樓梯以宏麗著名。全用大理石，又白，又滑，又寬；欄杆是低低兒的。加上羅馬式圓拱門，一對對愛翁匿克式石柱，雕像上的電燈燭，眞是堆花簇錦一般。那一片電燈光像海，又像月，照着你緩緩走上梯去。幕間休息的時候，大家都離開座兒各處走。這兒休息的時間特別長，法國人樂意趁這閒工夫在劇院裏散散步，談談話，來一點喫的喝的。休息室裏散步的人最多。這是一間頂長頂高的大廳，華麗的燈光淡淡地布滿了一屋子。一邊是成排的落地長窗，一邊是幾座高大的門；牆上略略有些裝飾，地下鋪着毯子。屋裏空落落的，客人穿梭般來往。太太小姐們大多穿着各色各樣的晚服，露着脖子和膀子。「衣香鬢影」，這裏才眞夠味兒。歌劇院是國家的，只演古典的歌劇，間或也演隊舞(Ballet)，總是堂皇富麗的玩藝兒。

國葬院在左岸。原是巴黎護城神聖也奈韋夫(St. Genevieve)的教堂；大革命後，一般思想崇拜神聖不如崇拜偉人了，於是改爲這個；後來又改囘去兩次，一八五五年才算定了。伏爾泰，盧梭，雨果，左拉，都葬在這裏。院中很爲寬宏，高大的圓拱門，架着些圓頂，都是羅馬式。頂上都有裝飾的圖案和畫。中央的穹隆頂高二百七十二英尺，可以上去。院中壁上畫着法國與巴黎的歷史故事，名筆頗多。沙畹（Puvis de Chavannes，十九世紀）的便不少。其中「聖也奈韋夫俯視着巴黎城」一幅，正是月圓人靜的深夜，聖還獨對着油盞火；她似乎有些倦了，慢慢踱出來，憑闌遠望，全巴黎城在她保護之下安睡了；瞧她那慈祥和藹一往情深的樣子。聖也奈韋夫於五世紀初年，生在離巴黎二十四里的囊台兒村（Nanterre）裏。幼時聽聖也曼講道，深爲感悟。聖也曼也說她根器好，着實勉勵了一番。後來她到巴黎，盡力於救濟事業。五世紀中葉，匈奴將來侵巴黎，全城震驚。她力勸人民鎮靜，依賴神明，頗能教人相信。匈奴到底也沒來成。以後巴黎眞經兵亂，她於救濟事業加倍努力。她活了九十歲。晚年倡議在巴黎給聖彼得與聖保羅修一座教堂。動工的第二年，她就死了。等教堂落成，卻發見她已葬在裏頭；此外還有許多奇異的傳說。因此這座教堂只好作為奉祀她的了。這座教堂便是現在的國葬院。院的門牆是希臘式，三角楣下，一排哥林斯式的石柱。院旁有聖愛的昂堂，不大。現在是聖也奈韋夫埋灰之所。祭壇前的石刻花屏極華美，是十六世紀的東西。

左岸還有傷兵養老院。其中兵甲館，收藏廢棄的武器及戰利品。有一間滿懸着三色旗，屋頂上正懸着，兩壁上斜插着，一面挨一面的。屋子很長，一進去但覺千層百層鮮明的彩色，靜靜地交映着。院有穹隆頂，高三百四十英尺，直徑八十六英尺，造於十七世紀中，優美莊嚴，勝於國葬院的。頂下原是一個教堂，拿破侖墓就在這裏。堂外有寬大的台階兒，有多力克式與哥林斯式石柱。進門最叫你舒服的是那屋裏的光。那是從染色玻璃窗射下來的淡淡的金光，軟得像一股水。堂中央一個窖，圓的，深二十英尺，直徑三十六英尺，花崗石柩居中，十二座雕像環繞着，代表拿破侖重要的戰功；像間分六列插着五十四面旗子，是他的戰利品。堂正面是祭壇；周圍許多龕堂，埋着王公貴人。一律圓拱門；地上嵌花紋，窖中也這樣。拿破侖死在聖海侖島，遺囑願望將骨灰安頓在塞納河旁，他所深愛的法國人民中間。待他死後十九年，一八四零，這願望才達到了。

塞納河裏有兩個小洲，小到不容易覺出。西頭的叫城洲，洲上兩所教堂是巴黎的名跡。洲東的聖母堂更爲煊赫。堂成於十二世紀，中間經過許多變遷，到十九世紀中葉重修，才有現在的樣子。這是「裝飾的戈昔式」建築的最好的代表。正面朝西，分三層。下層三座尖拱門。這種門很深，門圈兒是一稜套着一稜的，越望裏越小；稜間與門上雕着許多大像小像，都是聖經中的人物。中層是窗子，兩邊的尖拱形，分雕着亞當夏娃像；中央的渾圓形，雕着「聖處女」像。上層是欄干。最上兩座鐘樓，各高二百二十七英尺；兩樓間露出後面尖塔的尖兒，一個伶俐瘦勁的身影。這座塔是勒丟克（Viellet le Duc，十九世紀）所造，比鐘樓還高五十八英尺；但從正面看，像一般高似的，這正是建築師的妙用。朝南還有一個旁門，雕飾也繁密得很。從背後看，左右兩排支牆(Buttress)像一對對的翅膀，作飛起的勢子。支牆上雖也有些裝飾，卻不爲裝飾而有。原來戈昔式的房子高，窗子大，牆的力量支不住那些石頭的拱頂，因此非從牆外想法不可。支牆便是這樣來的。這是戈昔式的致命傷；許多戈昔式建築容易圮毀，正是為此。堂裏滿是彩繪的高玻璃窗子，陰森森的，只看見石柱子，尖拱門，肋骨似的屋頂。中間神堂，兩邊四排廊路，周圍三十七間龕堂，像另自成個世界。堂中的講壇與管風琴都是名手所作。歌隊座與牧師座上的動植物木刻，也以精工著。戈昔式教堂裏雕繪最繁；其中取材於教堂所在地的花果的尤多。所雕繪的大抵以近眞為主。這種一半為裝飾，一半也為教導，讓那些不識字的人多知道些事物，作用和百科全書差不多。堂中有寶庫，收藏歷來珍貴的東西，如金龕，金十字架之類，燦爛耀眼。拿破侖於一八零四年在這兒加冕，那時穿的長袍也陳列在這個庫裏。北鐘樓許人上去，可以看見牆角上石刻的妖獸，奇醜怕人，俯視着下方，據說是吐霤水的。雨果寫過巴黎聖母堂一部小說，所敍是四百年前的情形，有些還和現在一樣。

聖龕堂在洲西頭，是全巴黎戈昔式建築中之最美麗者。羅斯金更說是「北歐洲最珍貴的一所戈昔式。」在一二三八那一年，「聖路易」王聽說君士坦丁皇帝包爾温將「棘冠」押給威尼斯商人，無力取贖，「棘冠」已歸商人們所有，急得什麼似的。他要將這件無價之寶收回，便異想天開地在猶太人身上加了一種「苛捐雜稅」。過了一年，「棘冠」果然弄回來，還得了些別的小寶貝，如「眞十字架」的片段等等。他這一樂非同小可，命令某建築師造一所教堂供奉這些寶物；要造得好，配得上。一二四五年起手，三年落成。名建築家勒丟克說，「這所教堂內容如此複雜，花樣如此繁多，活兒如此利落，材料如此美麗，眞想不出在那樣短的時期裏如何成功的。」這樣兩個龕堂，一上一下，都是金碧輝煌的。下堂尖拱重疊，縱橫交互；中央拱低而闊，所以地方並不大而極有開朗之勢。堂中原供的「聖處女」像，傳說靈跡甚多。上堂卻高多了，有彩繪的玻璃窗子十五堵；窗下沿牆有龕，低得可憐相。柱上相間地安着十二使徒像；有兩尊很古老，別的都是近世仿作。玻璃繪畫似乎與戈昔藝術分不開；十三世紀後者最盛，前者也最盛。畫法用許多顏色玻璃拼合而成，相連處以鉛銲之，再用鐵條夾住。著色有濃淡之別。淡色所以使日光柔和飄渺。但濃色的多，大概用深藍作地子，加上點兒黃白與寶石紅，取其襯托鮮明。這種窗子也兼有裝飾與教導的好處；所畫或為幾何圖案，或為人物故事。還有一堵「玫瑰窗」，是象徵「聖處女」的；畫是圓形，花紋都從中心分出。據說這堵窗是玫瑰窗中最親切有味的，因為它的溫暖的顏色比別的更接近看的人。但這種感想東方人不會有。這龕堂有一座金色的尖塔，是勒丟克造的。

毛得林堂在剛果方場之東北，造於近代。形式仿希臘神廟，四面五十二根哥林斯式石柱，圍成一個廊子。壁上左右各有一排大龕子，安着摹聖的像。堂裏也是一行行同式的石柱；卻使用各種顏色的大理石，華麗悅目。聖心院在巴黎市外東北方，也是近代造的，至今還未完成，堂在一座小山的頂上，山脚下有兩道飛階直通上去。也通索子鐵路。堂的規模極宏偉，有四個穹隆頂，一個大的，帶三個小的，都是卑贊廷式；另外一座方形高鐘樓，裏面的鐘重二萬九十斤。堂裏能容八千人，但還沒有加以裝飾。房子是白色，台階也是的，一種單純的力量壓得住人。堂高而大，巴黎周圍若干里外便可看見。站在堂前的平場裏，或爬上穹隆頂裏，也可看個五六十里。造堂時工程浩大，單是打地基一項，就花掉約四百萬元；因爲土太鬆了，掌不住，根基要一直打到山脚下。所以有人半眞半假地說，就是移了山，這教堂也不會倒的。

巴黎博物院之多，眞可算甲於世界。就這一樁兒，便可教你流連忘返。但須徘徊玩索才有味，走馬看花是不成的。一個行色匆匆的游客，在這種地方往往無可奈何。博物院以盧佛宮(Louvre)爲最大；這是就全世界論，不單就巴黎論。盧佛宮在加羅塞方場之東；主要的建築是口字形，南頭向西伸出一長條兒。這裏本是一座堡壘，後來改爲王宮。大革命後，各處王宮裏的畫，宮苑裏的雕刻，都保存在此；改爲故宮博物院，自然是很順當的。博物院成立後，歷來的政府都盡力搜羅好東西放進去；拿破侖從各國「搬」

來大宗的畫，更爲博物院生色不少。宮房佔地極寬，站在那方院子裏，頗有海闊天空的意味。院子裏養着些鴿子，成羣地孤單地仰着頭挺着胸在地上一步步地走，一點不怕人。撒些餅干麵包之類，它們便都向你身邊來。房子造得秀雅而莊嚴，壁上安着許多王公的雕像。熟悉法國歷史的人，到此一定會發思古之幽情的。

盧佛宮好像一座寶山，蘊藏的東西實在太多，教人不知從那兒說起好。畫爲最，還有雕刻，古物，裝飾美術等等，眞是琳琅滿目。乍進去的人一時摸不着頭腦，往往弄得糊裏糊塗。就中最膾炙人口的有三件。一是達文齊的摩那麗沙像，大約作於一五零五年前後，是覺孔達(Joconda)夫人的畫像。相傳達文齊這幅像畫了四個年頭，因爲要那甜美的微笑的樣子，每回「臨像」的時候，總請些樂人彈唱給她聽，讓她高高興興坐着。像畫好了，他卻愛上她了。這幅畫是佛蘭西司第一手裏買的，他沒有準兒許認識那女人。一九一一年畫曾被人偷走，但兩年之後，到底從意大利找回來了。十六世紀中葉，意大利已公認此畫爲不可有二的畫像傑作，作者在與造化爭巧。畫的奇處就在那一絲兒微笑上。那微笑太飄忽了，太難捉摸了，好像常常在變幻。這果然是個「奇跡」，不過也只是造形的「奇跡」吧了。這兒也有些理想在內；達文齊筆下夾帶了一些他心目中的聖母的神氣。近世討論那微笑的可太多了。詩人，哲學家，有的是；他們都想找出點兒意義來。於是摩那麗沙成爲一個神祕的浪漫的人了；她那微笑成爲「人獅(Sphinx)的凝視」或「鄙薄的諷笑」了。這大概是她與達文齊都夢想不到的吧。

二是米羅(Milo)愛神像。一八二零年米羅島一個農人發見這座像，賣給法國政府只賣了五千塊錢。據近代考古家研究，這座像當作於紀元前一百年左右。那兩隻胳膊都沒有了；它們是怎麼個安法，卻大大費了一班考古家的心思。這座像不但有生動的形態，而且有溫暖的骨肉。她又強壯，又清明；單純而偉大，樸眞而不奇。所謂清明，是身心都健的表象，與痲木不同。這種作風頗與紀元前五世紀希臘巴昔農(Panthenon)廟的監造人，雕刻家費鐵亞司(Phidias)相近。因此法國學者雷那西(S. Reinach, 新近去世)在他的名著亞波羅(美術史)中相信這座像作於紀元前四世紀中。他並且相信這座像不是愛神微那司而是海女神安非特利特(Amphitrite)；因爲它沒有細膩，飄渺，嬌羞，多情的樣子。三是沙摩司雷司(Samothrace)的勝利女神像。女神站在衝波而進的船頭上，吹着一支喇叭。但是現在頭和手都沒有了，腋下翅膀與身子。這座像是還願的。紀元前三零六年波立爾塞特司(Demetrius Poliorcetes)在塞勃勒司(Cyprus)島打敗了埃及大將陶來買(Ptolemy)的水師，便在沙摩司雷司島造了這座像。衣裳雕得最好；那是一件薄薄的軟軟的衣裳，光影的準確，衣褶的精細流動；加上那下半截兒被風吹得好像弗弗有聲，上半截兒卻緊緊地貼着身子，很有趣地對照着。因爲衣裳雕得好，才顯出那筋肉的力量；那身子在搖晃着，在挺進着，一團勝利的喜悅的勁兒。還有，海風呼呼地吹着，船尖兒嗤嗤地響着，將一片碧波分成兩條長長的白道兒。

盧森堡博物院專藏近代藝術家的作品。他們或新故，或還生存。這裏比盧佛宮明亮得多。進門去，寬大的甬道兩旁，滿陳列着雕像等；裏面卻多是畫。雕刻裏有彭彭(Pompon)的狗熊與水禽等，眞是大巧若拙。彭彭現在大概有七八十歲了，天天上動物園去靜觀禽獸的形態。他熟悉它們，也親愛它們，所以做出來的東西神氣活現；可是形體並不像照相一樣地眞切，他在天然的曲綫裏加上些小小的稜角，便帶着點「建築」的味兒。於是我們才看見新東西。那狗熊和實物差不多大，是石頭的；那水禽等卻小得可以供在案頭，是銅的。雕像本有兩種手法，一是乾脆地砍石頭，二是先用泥塑，再澆銅。彭彭從小是石匠，石頭到他手裏就像豆腐。他是巧匠而兼藝術家。動物雕像盛於十九世紀的法國；那時候動物園發達起來，供給藝術家觀察，研究，描摹的機會。動物素描之成爲畫的一支，也從這時候起。院裏的畫受後期印象派的影響，找尋人物的「本色」(local colour)，大抵是鮮明的調子。不注重畫面的「體積」而注重裝飾的效用。也有細心分別光影的，但用意還在找尋顏色，與印象派之只重光影不一樣。

磚場花園的南踦角上有網球場博物院，陳列外國近代的畫與雕像。北踦角上有奧闌紀利博物院，陳列的東西庬雜，有馬奈（Manet，十九世紀法國印象派畫家）的畫與日本的浮世繪等。浮世繪的著色與構圖給十九世紀後半法國畫家極深的影響。摩奈（Monet）畫院也在這裏。他也是法國印象派巨子，一九二六年才過去。印象派與於十九世紀中葉，正是照相機流行的時候。這派畫家想趕上照相機，便專心致志地分別光影；他們還想趕過照相機，照相沒有顏色而他們有。他們只用原色；所畫的畫近看但見一處處的顏色塊兒，在相當的距離看，才看出光影分明的全境界。他們的看法是迅速的綜合的，所以不重「本色」，（人物固有的顏色，隨光影而變化）不重細節。摩奈以風景畫著於世；他不但是印象派，並且是露天畫派（Pleinairiste）。露天畫派反對畫室裏的畫，因爲都帶着那黑影子；露天裏就沒有這種影子。這個畫院裏有摩奈八幅頂大的畫，太大了，只好嵌在牆上。畫院只有兩間屋子，每幅畫就是一堵牆，畫的是荷花在水裏。摩奈歡喜用藍色，這幾幅畫也是如此。規模大，氣魄厚，汪汪欲溢的池水，疎疎密密的亂荷，有些像在樹蔭下，有些像在太陽裏。據內行說，這些畫的章法，簡直前無古人。

羅丹博物院在左岸。大戰後羅丹的東西才收集在這裏；已完成的不少，也有些未完成的。有羣像，單像，胸像；有石膏仿本。還有畫稿，塑稿。還有羅丹的遺物。羅丹是十九世紀雕刻大師；或稱他爲自然派，或稱他爲浪漫派。他有匠人的手藝，詩人的胸襟；他藉雕刻來表現自己的情感。取材是不平常的，手法也是不平常的。常人以爲美的，他覺得已無用武之地；他專找常人以爲醜的，甚至於借重性交的姿勢。又因爲求表現的充分，不得不誇飾與變形。所以他的東西乍一看覺得「怪」，不是玩藝兒。從前的雕刻講究光潔，正是「裁縫不露鍼線迹」的道理；而浪漫派藝術家恰相反，故意要顯出筆觸或刀痕，讓人看見他們在工作中情感激動的光景。羅丹也常如此。他們又多喜歡用塑法，因爲泥隨意些，那凸凸凹凹的地方，那大塊兒小條兒，都可以看得清楚。

克呂尼館（Cluny）收藏羅馬與中世紀的遺物頗多，也在左岸。羅馬時代執政的宮在這兒。後來法蘭族諸王也住在這宮裏。十五世紀的時候，宮毀了，克呂尼寺僧改建現在這所房子，作他們的下院，是「後期戈昔」與「文藝復興」的混合式。法國王族來到巴黎，在館裏暫住過的，也很有些人。這所房子後來又歸了一個考古家。他搜集了好些古董；死後由政府收買，並添湊成一萬件。畫，雕刻，木刻，金銀器，織物，中世紀上等傢具，磁器，玻璃器，應有盡有。房子還保存着原來的樣子。入門就如活在幾百年前的世界裏，再加上陳列的零碎的東西，觸鼻子滿是古氣。與這個館毗連着的是羅馬時代的浴室，原分冷浴熱浴等，現在只看見些殘門斷柱（也有原在巴黎別處的），寂寞地安排着。浴室外是園子，樹間草上也散佈着古代及中世紀巴黎建築的一鱗一爪，其中「聖處女門」最秀雅。

此外巴黎美術院（即小宮），裝飾美術院都是雜拌兒。後者中有一間扇室，所藏都是十八世紀的扇面，是某太太的遺贈。十八世紀中國玩藝兒在歐洲頗風行，這也可見一斑。扇面滿是西洋畫，精工鮮麗；幾百張中，只有一張中國人物，卻板滯無生氣。

又有吉買博物院（Guimet），收藏遠東宗教及美術的資料。伯希和取去燉煌的佛畫，多數在這裏。日本小畫也有些。還有蠟人館。據說那些蠟人做得眞像，可是沒見過那些人或他們的照相的，就感不到多大興味，所以不如畫與雕像。不過「隧道」裏陰慘慘的，人物也代表着些陰慘慘的故事，卻還可看。樓上有鏡宮，滿是鏡子，頂上與周圍用各色電光照耀，宛然千門萬戶，像到了萬花筒裏。

一九三二年春季的官「沙龍」在大宮中，頂大的院子裏羅列着雕像；樓上下八十幾間屋子滿是畫，也有些裝飾美術。內行說，畫像太多，眞有「官」氣。其中有安南阮某一幅，奬銀牌；中國人一看就明白那是阮氏祖宗的影像。記得有個笑話，說一個賊混入人家廳堂偸了一幅古畫，捲起夾在腋下。跨出大門，恰好碰見主人。那賊情急智生，便將畫捲兒一揚，問道，「影像，要買吧？」主人自然大怒，罵了一聲走進去。賊於是從容溜之乎也。那位安南阮某與此賊可謂異曲同工。大宮裏，同時還有一個裝飾藝術的「沙龍」，陳列的是傢具，燈，織物，建築模型等等，大都是立體派的作風。立體派本是現代藝術的一派，意大利最盛。影響大極了，建築，傢具，布匹，織物，器皿，汽車，公路，廣告，書籍裝訂，都有立體派的份兒。平靜，乾脆，是古典的精神，也是這時代重理智的表現。在這個「沙龍」裏看，現代的屋子內外都儼然是些幾何的圖案，和從前華麗的藻飾全異。還有一個「沙龍」，專陳列幽默畫。畫下多有說明。各畫或描摹世態，或用大小文野等對照法，以傳出那幽默的情味。有一幅題爲

「長褂子」，畫的是夜宴前後客室中的景子：女客全穿短褂子，只有一人穿長的，大家的眼睛都釘着她那長出來的一截兒。她正在和一個男客談話，似乎不留意。看她的或偏着身子，或偏着頭，或操着手，或用手托着腮，（表示驚訝）倚在丈夫的肩上，或打着看戲用的放大鏡子，都是一付尷尬面孔。穿長褂子的女客在左首，左首共三個人；中央一對夫婦，右首三個女人，疏密向背都恰好；還點綴着些不在這一羣裏的客人。畫也有不幽默的，也有太惡劣的；本來是幽默並不容易。

巴黎的墳場，東頭以倍雷拉謝斯(Père Lachaise)爲最大，佔地七百二十畝，有二里多長。中間名人的墳頗多，可是道路縱橫，找起來眞費勁兒。阿培拉德與哀綠綺思兩墳並列，上有亭子蓋着；這是重修過的。王爾德的墳本葬在別處；死後九年，也遷到此場。墳上雕着個大飛人，昂着頭，直着脚，長翅膀，像是合埃及的「獅人」與亞述的翅兒牛而爲一，雄偉飛動，與王爾德並不很稱。這是英國當代大雕刻家愛勃司坦(Epstein)的巨作；錢是一位傾慕王爾德的無名太太捐的。場中有巴什羅米(Bartholomé)雕的一座紀念碑，題爲「致死者」。碑分上下兩層，上層中間是死門，進去的兩個人倒也行無所事的；兩側向門走的人羣卻牽牽拉拉，哭哭啼啼，跌跌倒倒，不得開交似的。下層像是生者的哀傷。此外北頭的蒙馬特，南頭的蒙巴那斯兩墳場也算大。茶花女埋在蒙馬特場，題曰一八二四年正月十五日生，一八四七年二月三日卒。小仲馬海湼也在那兒。蒙巴那斯場有聖白孚莫泊桑鮑特萊爾等；鮑特萊爾的墳與紀念碑不在一處，碑上坐着一個悲傷的女人的石像。

巴黎的夜也是老牌子。單說六個地方。非洲飯店帶澡堂子，可以洗蒸氣澡，聽黑人濃烈的音樂；店員都穿着埃及式的衣服。三藩咖啡看「爵士舞」，小小的場子上一對對男女跟着那繁聲促節直扭腰兒。最警動的是那小圓木筒兒，裏面像裝着豆子之類。不時地緊搖一陣子。圓屋聽唱法國的古歌；一扇門背後的牆上油畫着蹲着在小便的女人。紅磨坊門前一架小紅風車，用電燈做了輪廓線；裏面看小戲與女人跳舞。這在蒙馬特區。蒙馬特是流浪人的區域。十九世紀畫家住在這一帶的不少，畫紅磨坊的常有。塔巴林看女人跳舞，不穿衣服，意在顯出好看的身子。里多在仙街，最大。看變戲法，聽威尼斯夜曲。里多島本是威尼斯娛樂的地方。這兒的里多特意砌了一個池子，也有一隻「剛朵拉」，夜曲是男女對唱，不過意味到底有點兒兩樣。

巴黎的野色在波隆尼林與聖克羅園裏才可看見。波隆尼林在西北角，恰好在塞因河河套中間，佔地一萬四千多畝，有公園，大路，小路，有兩個湖，一大一小，都是長的；大湖裏有兩個洲，也是長的。要領略林子的好處，得閒閒地揀深僻的地兒走。聖克羅園還在西南，本有離宮，現在毀了，賸下些噴水和林子。林子裏有兩條道兒很好。一條漸漸高上去，從樹裏兩眼望不盡；一條窄而長，漏下一線天光；遠望路口，不知是雲是水，茫茫一大片。但眞有野味的還得數楓丹白露的林子。楓丹白露在巴黎東南，一點半鐘的火車。這座林子有二十七萬畝，周圍一百九十里。坐着小馬車在裏面走，幽靜如遠古的時代。太陽光將樹葉子照得透明，卻只一圈兒一點兒地灑到地上。路兩旁的樹有時候太茂盛了，枝葉交錯成一座拱門，低低的；遠看去好像拱門那面另有一界。林子裏下大雨，那一片沙沙沙沙的聲音，像潮水，會把你心上的東西沖洗個乾淨。林中有好幾處山峽，可以試腰脚，看野花野草，看旁逸斜出，稀奇古怪的石頭，像枯骨，像刺蝟。亞勃雷孟峽就是其一，地方大，石頭多，又是忽高忽低，走起來好。

楓丹白露宮建於十六世紀，後經重修。拿破侖一八一四年臨去愛而巴島的時候，在此告別他的諸將。這座宮與法國歷史關係甚多。宮房外觀不美，裏面卻精緻，傢具等等也考究。就中侍從武官室與亨利第二廳最好看。前者的地板用嵌花的條子板；小小的一間屋，共用九百條之多。複壁板上也雕繪着繁細的花飾，爐壁上也滿是花兒，掛燈也像花正開着。後者是一間長廳，其大少有。地板用了二萬六千塊，一色，嵌成規規矩矩的幾何圖案，光可照人。廳中間兩行圓拱門。門柱下截鑲複壁板，上截鑲油畫；楣上也畫得滿滿的。天花板極意雕飾，金光耀眼。宮外有園子，池子，但趕不上凡爾賽宮的。

凡爾賽宮在巴黎西南，算是近郊。原是路易十三的獵宮，路易十四覺得這個地方好，便大加修飾。路易十四是所謂「上帝的代表」，凡爾賽宮便是他的廟宇。那時法國貴人多一半住在宮裏，伺候王上。他的侍從共一萬四千人；五百人伺候他喫飯，一百個貴人伺候他起牀，更多的貴人伺候他睡覺。那時法國藝術大盛，一切都成爲御用的，集中在凡爾賽和巴黎兩處。凡爾賽宮裏裝飾力求富麗奇巧，用錢無數。如金漆彩畫的天花板，木刻，華美的傢具，花飾，貝殼與多用錯綜交會的曲線紋等，用意全在教來客驚奇：這便是所謂「羅科科式」(Rococo)。宮中有鏡廳，十七個大窗戶，正對着十七面同樣大小的鏡子；廳長二百四十英尺，寬三十英尺，高四十二英尺。拱頂上和牆上畫着路易十四打勝德國荷蘭西班牙的情形，畫着他是諸國的領袖，畫着他是藝術與科學的廣大教主。近十幾年來成爲世界禍根的那和約便是在一九一九年六月二十八那一天在這座廳裏簽的字。宮旁一座大園子，也是路易十四手裏布置起來的。看不到頭的兩行樹，有萬千的氣象。有湖，有花園，有噴水。花園一畦一個花樣，小松樹一律修剪成圓錐形，集法國式花園之大成。噴水大約有四十多處，或銅雕，或石雕，處處都別出心裁，也是集大成。每年五月到九月，每月第一星期日，和別的節日，都有大水法。從下午四點起，到處銀花飛舞，霧氣沾人，襯着那齊齗齗的樹，軟茸茸的草，覺得立着看，走着看，不拘怎麼看總成。海龍王噴水池，規模特別大；得等五點半鐘大水法停後，讓它單獨來二十分鐘。有時晚上大放花炮，就在這裏。各色的電彩照耀着一道道噴水。花炮在噴水之間放上去，也是一道道的；同時放許多，便氤氳起一團霧。這時候電光換彩，紅的忽然變藍的，藍的忽然變白的，眞眞是一眨眼。

盧梭園在愛爾莽濃鎭(Ermenonville)，巴黎的東北；要坐一點鐘火車，走兩點鐘的路。這是道地鄉下，來的人不多。園子空曠得很，有種荒味。大樹，怒草，小湖，淸風，和中國的郊野差不多，眞自然得不可言。湖裏有個白楊洲，種着一排白楊樹，盧梭墳就在那小洲上。日內瓦的盧梭洲在仿這個；可是上海式的街市旁來那麼個洲子，總有些不倫不類。

一九三一年夏天。「殖民地博覽會」開在巴黎之東的萬散園(Vincennes)裏。那時每日人山人海。會中建築都仿各地的式樣，充滿了異域的趣味。安南廟七塔參差，崢嶸肅穆，最爲出色。這些都是用某種輕便材料造的，去年都拆了。各建築中陳列着各處的出產，以及民俗。晚上人更多，來看燈光與噴水。每條路一種燈，都是立體派的圖樣。噴水有四五處，也是新圖樣；有一處叫「仙人球」噴水，就以仙人球做底樣，野拙得好玩兒。這些自然都用電彩。還有一處水橋，河兩岸各噴出十來道水，湊在一塊兒，恰好是一座弧形的橋，教人想着走上一個水晶的世界去。

西行通訊〔附錄〕

（一）

聖陶兄：

我等八月二十二日由北平動身，二十四日到哈爾濱。這至少是個有趣的地方，請聽我說哈爾濱的印象。

這裏分道裏道外南崗馬家溝四部分。馬家溝是新闢的市區，姑不論。南崗是住宅區，據說建築別有風味；可惜我們去時，在沒月亮的晚上。道外是中國式的市街，我們只走過十分鐘。我所知的哈爾濱，是哈爾濱的道裏，我們住的地方。

道裏純粹不是中國味兒。街上滿眼是俄國人，走着的，坐着的；女人比那兒似乎都要多些。據說道裏俄國人也祇十幾萬；中國人有三十幾萬，但俄國人大約喜歡出街，所以便覺滿街都是了。你黃昏後在中國大街上走，（或在南崗秋林洋行前面走）瞧那擁擁擠擠的熱鬧勁兒。上海大馬路等處入夜也鬧攘攘的，但亂七八糟地各有目的，這兒卻幾乎滿是逛街的。這種忙裏閒的光景，別處是沒有的。

這裏的外國人不像上海的英美人在中國人之上，可是也並不如有些人所想，在中國人之下。中國人算是不讓他們欺負了，他們又怎會讓中國人欺負呢？中國人不特別尊重他們，卻是眞的。他們的流品很雜，開大洋行小買賣的固然多，駕着汽車沿街兜攬乘客的也不少，赤着脚愛淘氣的頑童隨處可見。這樣倒能和中國人混在一起，沒有什麽隔閡了。也許因白俄們窮無所歸，才得如此；但這現象比上海瀋陽等中外雜居的地方使人舒服多了。在上海瀋陽冷眼看着，是常要生氣，常要擔心的。

這裏人大都會說俄國話，即使是賣掃帚的。他們又大都有些外國規矩，如應諾時的「哼哼」，及保持市街清潔之類。但他們並不矜持他們的俄國話和外國規矩，也沒有賣弄的意思，只看做稀鬆平常，與別處的「二毛子」大不一樣。他們的外國化是生活自然的趨勢，而不是奢侈的裝飾，是「全民」的，不是少數「高等華人」的。一個生客到此，能領受着多少異域的風味而不感着窒息似的；與洋大人治下的上海，新貴族消夏地的青島，北戴河，宛然是兩個世界。

但這裏雖有很高的文明，卻沒有文化可言。待一兩個禮拜，甚至一個月，大致不會教你膩味，再多可就要看什麽人了。這裏沒有一爿像樣的書店，中國書外國書都很稀罕；有些大洋行的窗戶裏雖放着幾本俄文書，想來也只是給商人們消閒的小說罷。最離奇的是這裏市招上的中文，如「你吉達」，「民娘九爾」，「阿立古闊如次」等譯音，不知出於何人之手。也難怪，中等教育，還在幼稚時期的，已是這裏的最高教育了！這樣算不算梁漱冥先生所說的整個歐化呢？我想是不能算的。哈爾濱和哈爾濱的白俄一樣，這樣下去，終於是非驢非馬的畸形而已。雖在感着多少新鮮的意味的旅客的我，到底不能不作如此想。

這裏雖是歐化的都會，但開的處所竟有甚於北平的。大商店上午九點開到十二點，一點到三點休息；三點再開，五點便上門了。晚上呢，自然照例開電燈，讓炫眼的窗飾點綴坦蕩蕩的街市。穿梭般的男女比白天多得多。俄國人，至少在哈爾濱的，像是與街有不解緣。在巴黎倫敦最熱鬧的路上，晚上逛街的似乎也只如此罷了。街兩旁很多休息的長椅，並沒有樹蔭遮着；許多俄國人就這麼四無依傍地坐在那兒，有些竟是爲了消遣來的。鬧一些的街中間還有小花園，園以短短的栅欄，裏面來回散步的不少。——你從此定可以想到，一個廣大的公園，在哈爾濱是決少不了的。

這個現在叫做「特市公園」。大小彷彿北平的中山公園，但布置自然兩樣。裏面有許多花壇，用各色的花拼成種種對稱的圖案；最有意思的是一處入口的兩個草獅子。是蹲伏着的，滿身碧油油的嫩草，比常見的獅子大些，神氣自然極了。園內有小山，也有曲水，有亭有橋；橋是外國式，以玲瓏勝。水中可以划船，也還有些彎可轉。這樣便耐人尋味。又有茶座，電影場，電氣馬（上海大世界等處有）等。這裏電影不分場，從某時至某時老是演着；當時頗以爲奇，後來才知是外國辦法。我們去的那天，正演西遊記；不知別處會演些好片子否。這公園裏也是晚上人多；據說俄國女人常愛成排地在園中走，排的長約等於路的闊，同時總有好兩排走着，想來倒也很好看。特市公園外，警察告訴我們還有些小園子，不知性質如何。

這裏的路都用石塊築成。有人說石頭路塵土少些；至於不用柏油，也許因爲冬天太冷，柏油不經凍之故。總之，塵土少是眞的，從北平到這兒，想着塵土要多些，那知適得其反；在這兒街上走，從好些方面看，確是比北平舒服多了。因爲路好，汽車也好。不止坐着平穩而已，又多！又賤！又快！滿街是的，一揚手就來，和北平洋車一樣。這兒洋車少而貴；幾毛錢便可坐汽車，人多些便和洋車價相等。開車的俄國人居多，開得「磅」極了；拐彎，倒車，簡直行所無事，還讓你一點不擔心。巴黎倫敦自然有高妙的車手，但車馬塡咽，顯不出本領；街上的Taxi有時幾乎像驢子似的。在這一點上，哈爾濱要強些。胡適之先生提倡「汽車文明」，這裏我是第一次接觸汽車文明了。上海汽車也許比這兒多，但太貴族了，沒有多少意思。此地的馬車也不少，也賤，和五年前南京的馬車差不多，或者還要賤些。

這裏還有一樣便宜的東西，便是俄國菜。我們第一天在一天津館喫麵，以爲便宜些；那知第二天喫俄國午餐，竟比天津館好而便宜得多。去年暑假在上海，有人請喫「俄國大菜」，似乎那時很流行，大約也因爲價廉物美吧。俄國菜分量多，便於點菜分食；比喫別國菜自由些；且油重，合於我們的口味。我們在街上見俄國女人的腥癡肥的多，後來在西比利亞各站所見也如此；我們常說，這怕是菜裏的油太重了吧。

最後我要說松花江，道裏道外都在江南，那邊叫江北。江中有一太陽島，夏天人很多，往往有帶了一家人去整日在上面的。島上最好的玩意自然是游泳，其次許就算划船。我不大喜歡這地方，因爲毫不整潔，走着不舒服。我們去的已不是時候，想下水洗浴，因未帶衣服而罷。島上有一個臨時照相人。我和一位徐君同去，我們坐在小船上讓他照一個相。岸邊穿着游泳衣的俄國婦人孩子共四五人，跳跳跑跑地硬擠到我們船邊，有的浸在水裏，有的爬在船上，一同照在那張相裏。這種天眞爛漫，倒也有些教人感着溫暖的。走方照相人，哈爾濱甚多，中國別的大都市裏，似未見過；也是外國玩意兒。照得不會好，當時可取，足爲紀念而已。從太陽島划了小船上道外去。我是剛起手划船，在北平三海來過幾回；最痛快是這回了。船夫管着方向，他的兩槳老是伺候着我的。槳是洋式，長而勻稱，支在小鐵叉上，又穩，又靈活；槳片是薄薄的，彎彎的。江上又沒有什麽萍藻，顯得寬暢之至。這樣不喫力而得討好，我們過了一個愉快的下午。第二天我們一伙兒便離開哈爾濱了。

此信八月三十一在西比利亞車中動手寫，直就擱到今日才寫畢。在時間上，不在篇幅上，要算得是一通太長的信了，一切請原諒罷！

弟自清，二十年十月八日，倫敦。

聖陶兄：（二）

這一回說給你我們過西比利亞的情形。

平常想到西比利亞，眼前便髣髴一片莽莽的平原，黯淡的斜陽照着，或者凜冽的北風吹着，或者連天的冰雪蓋着。相信這個印象一半從勅勒歌來，一半從翻譯的小說來；我們火車中所見，卻並不如此驚心動魄的——大概是夏天的緣故罷。荒涼誠然不錯，但沿路沒有童山，千里的青綠，倒將西比利亞化作平常的郊野了。只到處點綴着木屋，是向所未見。我們在西比利亞七日，有五天都下雨；在那牛毛細雨中，這些微微發亮的木屋是有一種特別的調子的。

頭兩天是晴天，第一天的落日眞好看；只有那時候我們承認西比利亞的偉大。平原漸漸蒼茫起來，它的邊際不像白天分明，似乎伸展到無窮盡的樣子。只有西方一大片深深淺淺的金光，像是一個海。我們指點着，這些是島嶼；那些是船隻，還在微風中動搖着呢。金光炫爛極了，這地上是沒有的。勉強打個比喻，也許像熊熊的火焰吧，但火焰究竟太平凡了。那深深淺淺的調子，倒有些像名油畫家的畫板，濃一塊淡一塊的；雖不經意，而每一點一堆都可見他的精神，他的姿態。那時我們說起「霞」這個名字，覺得聲調很響亮，恰是充滿了光明似的。又說到「晚霞」；「晚」的聲調帶一些冥沒的意味，便令人有「已近黃昏」之感。L君說英文中無與「霞」相當的字，只能叫做「落日」；若眞如此，我們未免要爲英國人悵惘了。

第二天傍晚過貝加爾湖；這是一個大大有名的湖，我所渴想一看的。記起郭沫若君的詩裏說過蘇武在貝加爾湖畔牧羊，眞是美麗而悲涼的想像。在黯淡的暮色中過這個寂寞的湖，我不禁也懷古起來了。晚餐前我們忽見窗外很遠的一片水；大家猜，別是貝加爾湖吧？晚餐完時，車已沿着湖邊走了。向北望去，只見渺渺一白，想不出那邊還有地方。這湖單調極了。似乎每一點都同樣地平靜，沒有一個帆影，也沒有一個鳥影。夜來了，這該是死之國吧？但我還是坐在窗前呆看。東邊從何處起，我們沒留意；現在也像西邊一樣，是無窮的白水。車行兩點多鐘，貝加爾湖依然在窗外；天是黑透了，我走進屋內，到底不知什麼時候完的。

在歐亞兩洲交界處，有一段路頗有些中國意境。綿延不斷的青山與悠然流着的河水，在幾里路中只隨意曲了幾曲。山高而峻，不見多少峯巒，如削成的一座大圍屏。車在山下沿着河走；

河岸也是高峻，水像突然掉下去似的。從山頂到河面，是整整齊齊的兩疊；除曲了那幾曲外，這幾里路中都是整齊的。整齊雖已是西方的好處，但那高深卻還近乎中國的山水詩或山水畫。河中見一狹狹的小舟，一個人坐着緩緩地划槳，那船和人都是灰暗的顏色；這才眞是中國畫了。

車中一間屋睡四個人，而我們只有三個。上車時想着能老佔着一間屋就好。但晚上便來了一個女人，像是做工的或種地的。她坦然睡了上鋪；這在國內是不會有的——我們不但是三個男人，並且是三個外國人！第二天她下車了，來的是三等車中唯一的紳士；他大概因爲晚上我們出入拉門，擾他淸夢，下一天搬到別屋裏去。以後來的是兵，兵，兵！我們都說與兵有緣分呢。最後來了經濟學博士，他的名字，我還記得，是約瑟，是玩紙牌時要按名記分，他告訴我們的。從前來者都只說俄國話，我們偶然也能答應一兩個字；是從萬國臥車公司的指南上學來，如「不」「三個」「多少」之類。「不」字用得最多，伴着的是一搖頭。這自然乾脆不過，但往往從此打斷了談話；到這地步，那一位大概不是站在門外窗口去看風景，便是閉上眼睡覺。這位約瑟君卻不同，他除俄國話外，自己說還懂得法文；LH兩位都懂法文，我們立刻覺得屋裏更有意思起來了。

但約瑟君的法文卻實在不夠用，他只能說些單字。LH兩位應付得很費力，可是他愛說話極了，老是支支節節地談下去。他告訴我們，俄國報說漢口黨人燒了美孚煤油公司；又問起好幾個中國人的名字。難為他記得住這些名字！有一個下午，他拿了紙筆，畫了地圖，和我們議論天下大事。他說俄國從美國買機器，而賣糧食給它；中國從美國買糧食和日用品，白讓它賺了錢去。他在地圖上點了幾點，寫着，「血！」「血！」說中國只能將血滴給美國，沒有別的。他似乎以爲中國全然美國化了，這樣東西也問「亞美利加？」那樣也問「亞美利加？」甚至我送他一包香片，也問「亞美利加？」我們趕緊說「中國，」「中國，」才收下了。

他又問我們什麼黨。我們三個都不在黨；他奇怪極了，指着胸道，「我——博士——共產黨！」指在他身旁的朋友——也是經濟學博士——道，「他——博士——共產黨！」他喜歡喝酒，常和他的朋友上飯車去喝。也邀過我們兩三次，總說，「同志——啤酒，」一面指着飯車那方面。我們都謝了。最後他似乎不大好意思，指點着道，「我——布爾喬——你們——普羅利特利亞特！」他又常指着他的衣服道，「不好看——俄羅斯；」指着我們的道，「亞美利加！」（兩三天後在另一車上和一個十八歲的俄國工人談話，一位高麗人給翻譯。這是個天眞爛漫的工人，他的衣服比我們粗糙多了，可是比我們貴多了。他露出羨慕的顏色，但我想起約瑟君的話，倒有些羨慕他們。）他是個和藹的人，很幫我們的忙。快到莫斯科時，他一面剝着松子，（沿路見俄國人喫松子的甚多，一粒粒地摘下來嗑着，似乎比嗑瓜子有意思）一面告訴我們他有妻有子，現在家裏等着他呢。又指着遠處，說他夏天和他們住在城外，天涼了才搬進城去。下車後他還特地到窗前來和我們揚手作別。他是黑頭髮，紫臉膛，繞腮鬍根子；他說他現在是一個經濟雜誌編輯人。

本該下午兩點到莫斯科；誤了五點鐘，到時天已全黑了。去波蘭的車就要開；滿心想看看莫斯科，卻只見一片黑夜，我只得帶着最大的失望上車走了。第二天下午在波蘭換車上巴黎去。晚上到飯車喫飯，侍者穿着小禮服，鞠着躬和客人說話，客人也大都換上整齊的衣服端端正正坐着，與俄國飯車空氣大不相同。我漸漸有些拘束起來了。

弟自清，十一月十五日，倫敦。

民國廿三年九月初版發行
民國廿四年三月再版發行

實價大洋九角
（實價不折不扣
外埠酌加寄費）

"歐游雜記"

*

有著作權不准翻印

著者　朱自清

發行者　章錫琛
上海福州路開明書店

印刷者　美成印刷公司
上海梧州路三九〇號

總發行所　開明書店
上海福州路二七八
電報掛號七〇五四

分發行所　開明書店分店
廣州惠愛東路　漢口中山路
南京太平路　長沙南陽街
北平楊梅竹斜街

中宣會圖書雜誌審查會審查證審字第一九七號
內政部註册執照警字第四一五八號

（文381）

图书在版编目（CIP）数据

欧游杂记 / 朱自清著. -- 天津 : 百花文艺出版社,
2020.4(2024.1 重印)
（现代文学名著原版珍藏. 第二辑）
ISBN 978-7-5306-7852-7

Ⅰ. ①欧… Ⅱ. ①朱… Ⅲ. ①游记-作品集-中国-现代 Ⅳ. ①I266.4

中国版本图书馆 CIP 数据核字(2020)第 062177 号

欧游杂记
OUYOU ZAJI
朱自清 著

选题策划: 唐冠群　　**美术编辑:** 张振洪
责任编辑: 张　雪
出版发行: 百花文艺出版社
地址: 天津市和平区西康路 35 号　　**邮编:** 300051
电话传真: +86-22-23332651（发行部）
+86-22-23332656（总编室）
+86-22-23332478（邮购部）
网址: http://www.baihuawenyi.com
印刷: 宝蕾元仁浩（天津）印刷有限公司
开本: 787×1092 毫米　1/32
字数: 86 千字
印张: 6
版次: 2020 年 4 月第 1 版
印次: 2024 年 1 月第 4 次印刷
定价: 20.00元

如有印装质量问题,请与宝蕾元仁浩（天津）印刷有限公司联系调换
地址:北京朝阳区西坝河南路6号西座102室
电话:（010）84498866 邮编:100028